मन गुँजन

(काव्य संग्रह)

रचनाकार : रेणू त्यागी

PUBLICATION

दिल्ली-110089

संस्करण : 2020
ISBN : 978-93-89984-32-3

प्रखर गूँज पब्लिकेशन
एच-3/2, सेक्टर-18, रोहिणी, दिल्ली-110089
दूरभाष : **7982710571, 7838505899, 011-27851059**

प्रथम संस्करण : 2020

शब्द संयोजन एवं आवरण
प्रखर गूँज

Man Gunjan
By : Renu Tyagi

Published by
PRAKHAR GOONJ PUBLICATION
Delhi - 110089
E-mail : prakhargoonj@gmail.com
         sinha.neelu123@gmail.com
011-27851059, 7982710571, 7838505899

दो शब्द

लेखन वही सही होता है, जो सटीक और सार्थकता लिए हुए हो।

मेरे लेखन में मैंने, नवीनता, सार्थकता, और शालीनता का पूरा–पूरा ध्यान रखा है।

इन रचनाओं में भावुकता को साथ लिए, सभी भावनाओं और संवेदनाओं को एक धागे में पिरो कर आप सभी तक पहुँचाने का एक अथक प्रयास किया है।

गहराई से लेकर ऊंचाई तक सभी भावनाओं को भरपूर तरीके से उकेरने का यह अथक प्रयास किया है आप सभी पाठकों की प्रतिक्रिया मेरे लेखन को मजबूती प्रदान करेगी। आप सभी आदरणीय साथियों के बिना मेरा लेखन बिल्कुल भी संभव नहीं होगा।

धन्यवाद करना चाहूँगी मैं आप सभी आदरणीय साथियों का जिन्होंने भी 'मेरे शब्द' एवं 'अनुभूति' काव्य संग्रह को पढ़ा और मुझे आगे बढ़ने में प्रोत्साहित किया।

'मन गुँजन' कविताओं और क्षणिकाओं का दस्तावेज़ है। इसमें कई रचनाएँ मेरे बचपन की डायरी से ली गई हैं और उनकी मौलिकता से बिना छेड़छाड़ किए उसी रूप में पेश किया है। संभव है संग्रह में युवावस्था के भाव और ताज़गी बरकरार है। बढ़ती उम्र के साथ आज की सामाजिक व्यवस्था और वर्तमान परिदृश्य पर भी भाव व्यक्त हुए हैं। आशा है मेरी भावनात्मक रचनाएँ भावी पाठक के अंतर्मन को कुरेदने का काम करेगी और सौहार्दपूर्ण अनुभूति का संचार करेगी। इन्हीं शब्दों के साथ...

आपकी

रेणू त्यागी

क्रम तालिका

गीत

साँवरे ने दी है आवाज

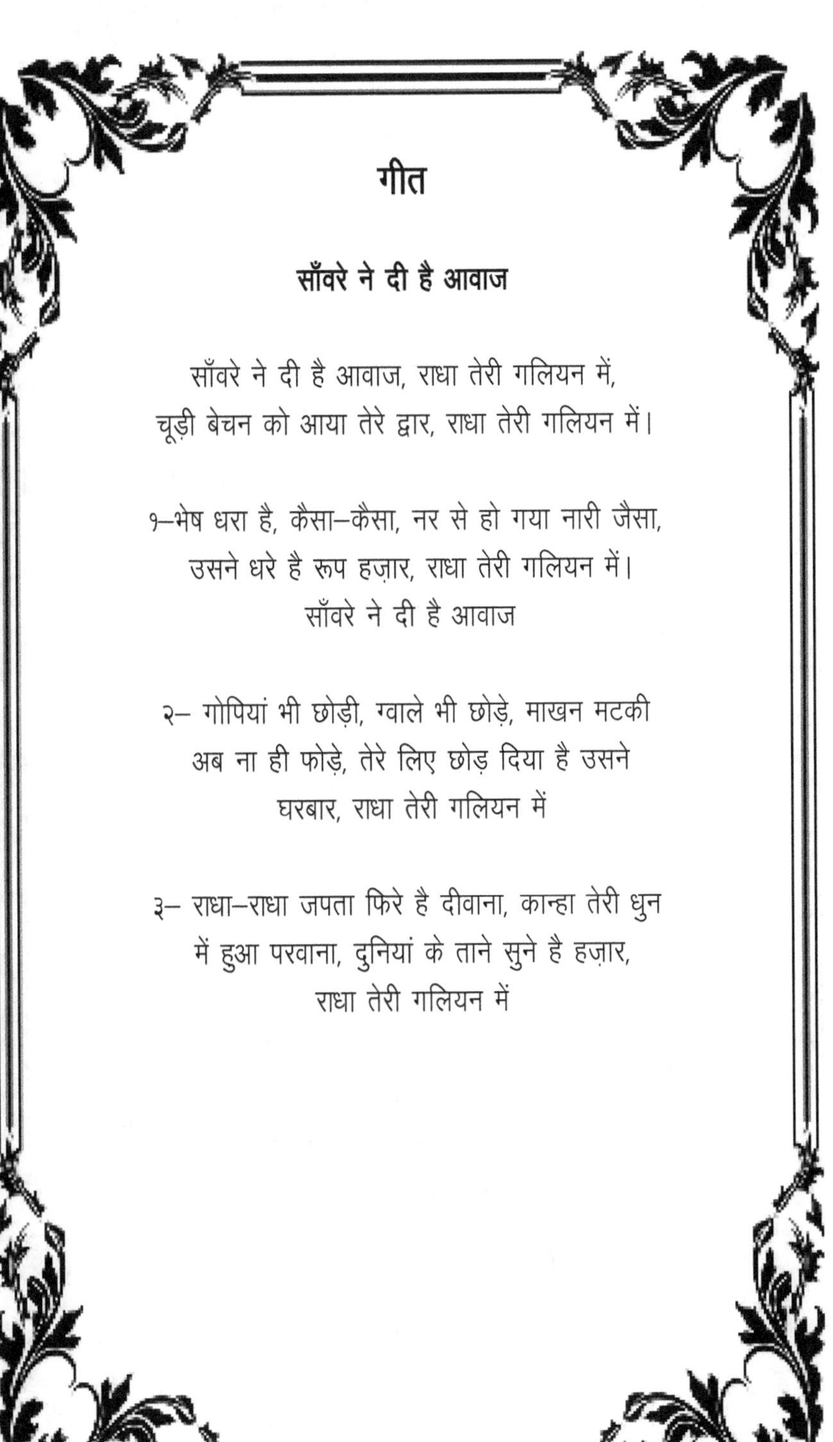

साँवरे ने दी है आवाज, राधा तेरी गलियन में,
चूड़ी बेचन को आया तेरे द्वार, राधा तेरी गलियन में।

१–भेष धरा है, कैसा–कैसा, नर से हो गया नारी जैसा,
उसने धरे है रूप हज़ार, राधा तेरी गलियन में।
साँवरे ने दी है आवाज

२– गोपियां भी छोड़ी, ग्वाले भी छोड़े, माखन मटकी
अब ना ही फोड़े, तेरे लिए छोड़ दिया है उसने
घरबार, राधा तेरी गलियन में

३– राधा–राधा जपता फिरे है दीवाना, कान्हा तेरी धुन
में हुआ परवाना, दुनियां के ताने सुने है हज़ार,
राधा तेरी गलियन में

गीत

सावन की हवा चली रे

सावन की हवा चली रे,
सावन की हवा चली
राधा कान्हा संग झूल रही रे
सावन की हवा चली –२

१– राधा तेरा टीका काहे को डोले
टीके के मोती प्रेम रस घोलें
झुमके को सखियां संवार रही रे
सावन की हवा चली –२

२–राधा तेरा आँचल उड़ उड़ जाए
हाथों का कंगना हवा खनकाये
मेहंदी हाथों की इतरा रही रे
सावन की हवा चली –२

३– राधा तेरी पायल रून झुन बोले
कान्हा का मनवा इत उत डोले –२
राधा कान्हा को भरमा रही रे
सावन की हवा चली
सावन की हवा चली रे
राधा कान्हा संग झूल रही रे
सावन की हवा चली –२

गुमाँ

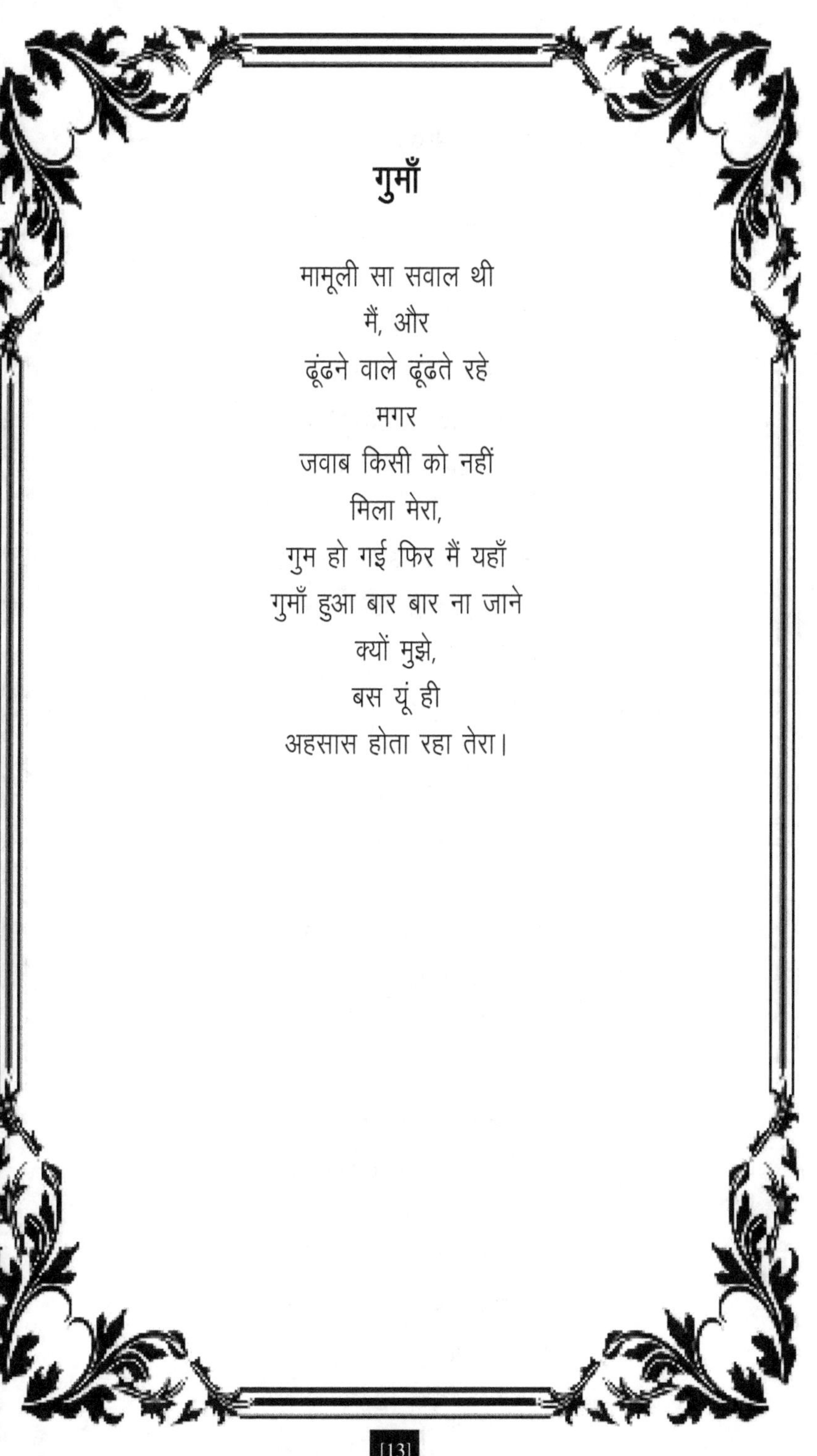

मामूली सा सवाल थी
मैं, और
ढूंढने वाले ढूंढते रहे
मगर
जवाब किसी को नहीं
मिला मेरा,
गुम हो गई फिर मैं यहाँ
गुमाँ हुआ बार बार ना जाने
क्यों मुझे,
बस यूं ही
अहसास होता रहा तेरा।

कल्पनाएँ

कल्पनाएँ खोखली होती हैं
कब तक खोजते रहोगे
मिलेगा तो कुछ भी नहीं, बस
हाथ मलने के अलावा
क्यों देखते हो ऐसे स्वप्न जो
केवल हवा में तैरते हैं,
जो न धरा के हुए न ही आकाश
के, जो केवल उड़ते फिरते हों
यहाँ वहाँ,
जिनकी पकड़ सरलता से छूट
जाए
क्यों मन को भगाते रहते हो
हर पल थककर चूर चूर शिथिल
मन और तन टूटकर बिखरा सा
रहता है तुम्हारा
अपने अस्तित्व को भुलाकर
कब तक यूँही झूठ का पुलिंदा
लिए घूमते रहोगे,
भटकाव में जीवन कहाँ, यथार्थवादी
बनो, तो सफलता मिले,
कभी तो सच को स्वीकार करना
सीख लो,
कि जो आंखों के सामने है वही
साकार है, मूर्त है, जड़ है
चेतन है, सत्य है, वही तो सुख है।

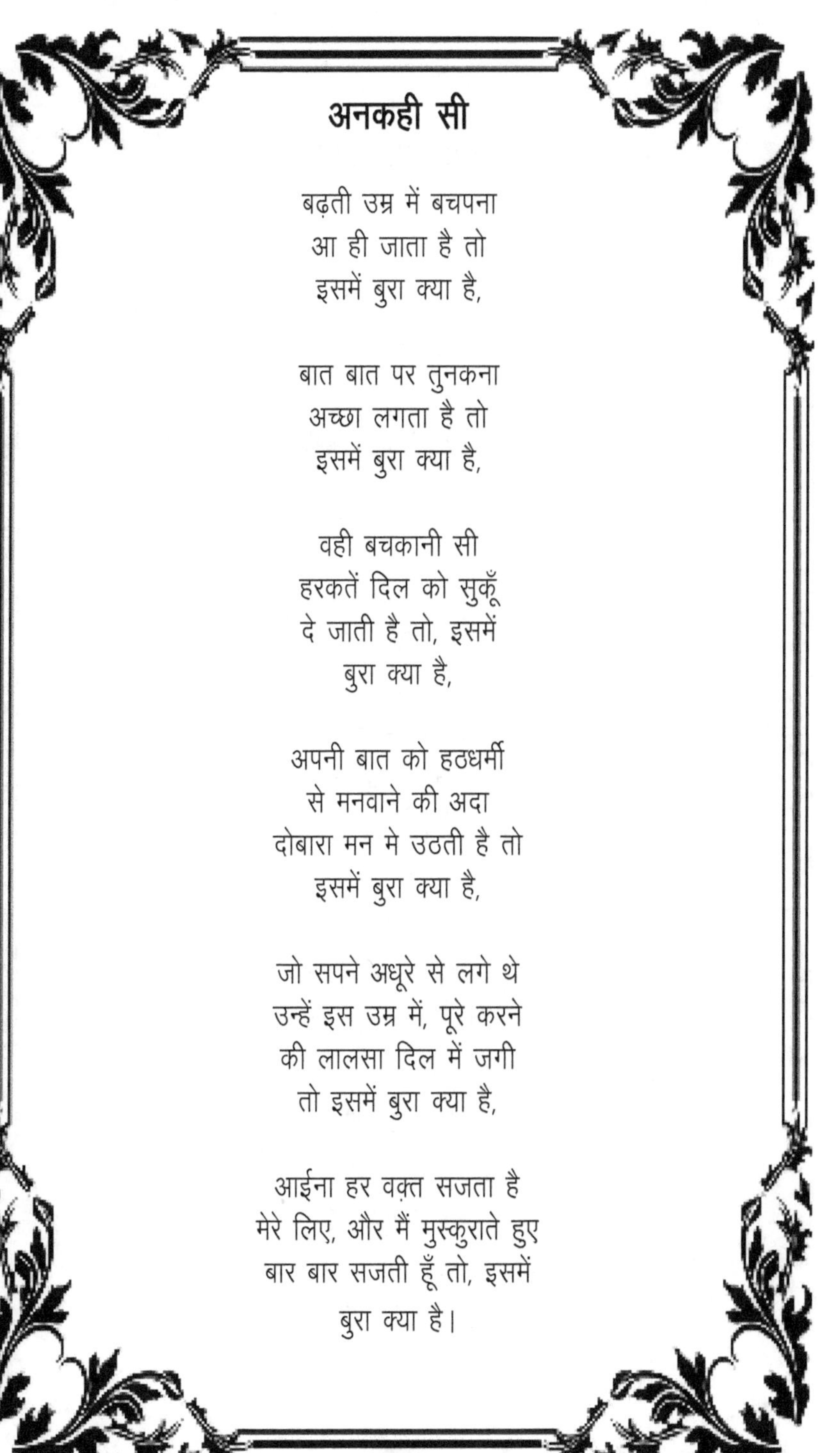

अनकही सी

बढ़ती उम्र में बचपना
आ ही जाता है तो
इसमें बुरा क्या है,

बात बात पर तुनकना
अच्छा लगता है तो
इसमें बुरा क्या है,

वही बचकानी सी
हरकतें दिल को सुकूँ
दे जाती है तो, इसमें
बुरा क्या है,

अपनी बात को हठधर्मी
से मनवाने की अदा
दोबारा मन मे उठती है तो
इसमें बुरा क्या है,

जो सपने अधूरे से लगे थे
उन्हें इस उम्र में, पूरे करने
की लालसा दिल में जगी
तो इसमें बुरा क्या है,

आईना हर वक़्त सजता है
मेरे लिए, और मैं मुस्कुराते हुए
बार बार सजती हूँ तो, इसमें
बुरा क्या है।

समय की धार

समय तो इतना निर्दयी
है कि, इसने महान
आत्माओं की परीक्षा
ली,
उनकी आँखों में कहीं
प्रसन्नता भरी तो कहीं
दर्द दिए,
ना जाने कितनी राधा
रोई,
तो ना जाने कितनी रुक्मिणी
हँसती रह गईं,
ना जाने कितनी ही सीता को
बिछोह मिला, तो ना जाने
कितने राम तड़पते रह गए,
और ना जाने कितनी कहानियां
बनी और बिगड़ीं,
परंतु समय का पहिया अपनी ही
धूरी पर निरन्तर गतिमान रहा,
ना जाने क्यों,
हम तुच्छ से इंसान इस बात से
अनभिज्ञ क्यों रहें,
समय के ऊपर जाने का साहस
ना पहले किसी मे था,
और ना ही रहेगा,

यही भूल भुलैया में खोए हम
सब निहारते हैं,
आने वाले समय को, बस
यही जीवन चक्र है,
सीमाएं यहीं तक तो बंधी
हैं हमारी, जिसे समझना
किसी के वश में नहीं था
नहीं है।

मिट्टी के खिलौने

मिट्टी से बने खिलौने हैं हम
मिट्टी में ही मिल जाने हैं,
रंग भावनाओं के इनमें
मिलाने हैं,
चमक सूरज की, सुगंध फूलों की
चलती हुई पुरवाई से
साँसे देकर जीवन दान
दिलाना है, और मुस्कान
अधरों पर धरकर
गीत सभी गुनगुनाने हैं,
पानी पर लिखा ईश्वर का
लेखा हो जैसे, आत्मा को
ऐसे निखारना है
तारों से चमकती रात घनेरी में
चाँद की चाँदनी से
चाँदी की सी
परछाई से इन्हें सजाने हैं,
स्वप्नों के रथ पर बैठ
इस धरती का चक्कर
लगाना है,
समापन हो जब इस धरती
से अस्तित्व हमारा तो
मृत्यु के हृदय में ठिकाना
बनाना है,
बाद उसके फिर से मिट्टी
बन जाना है।

जीवन के पन्ने

अपने जीवन की किताब
किसी अनपढ़ के हाथ में मत देना,
वो उलट पलट कर देखने के
अलावा कुछ नहीं करेगा,
और आप उसे देखकर अफसोस
के अलावा कुछ नहीं करेंगे,
दोनों ओर की इस प्रतिक्रिया में
समय हाथ से फिसल जाएगा,
आप बस हाथ मलते रह जाओगे।

चाँद

चाँद जब जब मुस्कुराता है
चाँदनी को जलन हो ही
जाती है,
रात यूँही ढलती है, रात भर
कुछ धुंआ धुंआ सा गहराती है,
सितारे चमकते है जुगनुओं की
तरह, आसमां पर
धरा को बेचैनी हो ही जाती है।

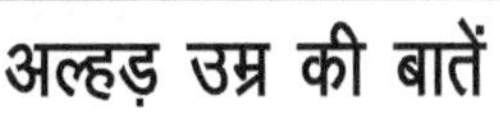

अल्हड़ उम्र की बातें

नयनों में स्वप्न भरे थे,
मन मे उमंग थी,
कुँवारी सी उमरिया मुझे
देख दंग थी,

वो अल्हड़ सा बहकना
फूलों सा वो महकना
संदल सी जवानी का यूँही
चहकना,
अंगड़ाइयों की वो सरल सी
पहचान थी,

सोती तो जब आंगन में तो
मुख पर जैसे चाँद उतर आता
कोई,
रात यूँ ही मुझसे परेशान थी,

दर्पण देख शरमाई सी
सुबह को ओस के मोती
जैसे गालों पर दमकते थे
होठों पर लगा गया मुस्कान
कोई,
किससे पूछती सब बातों से
अंजान थी,

ठहर गया हो मन में जैसे
अनजाना सा मेहमान कोई
दिल गुनगुनाया हर पल
पायल बज उठी सुबह सवेरे
जैसे सितार बजते हैं
नाहक ही मैं बेचैन हुई थी।

तेरी याद में

प्रकृति की लाली ने मुझे
सुबह ही बता दिया था, कि
तुमने मुझे, कितना याद
किया होगा, और मैंने,

कुछ अधिक ही,
प्रेम रंग
से सरोबार है,
आज, ये प्रकृति,
और, हो भी क्यूँ न,
कल, चाँद भी तो पूरा था,
प्यार से निहारती, रही उसे
मैं, रात भर,

सुबह इन नयनों की लाली उतर
आयी, इन फूलों पर, जहाँ तक
देखा,
प्रकृति में अपने प्यार का रंग ही
पाया, मैंने।

इलज़ाम

बेईमानी का इलज़ाम तो लहरों पर भी लगा,
क्यों बार बार आकर के टकराती रही
किनारों से

फिर से दुनियां ने
किनारों को बा इज्जत बरी किया,

सोच में पड़ गई थी लहरें,
क्या कुसूर सिर्फ उनका ही था
उन्हें आजाद रहना था,
इधर किनारों ने दायरे बना लिए थे
तो टकराव तो होना ही था।

श्रृंगार तुम्हारे नाम का

बन्ना, ये मुस्कान अब तुम्हारे नाम की
मेहँदी तुम्हारे नाम की,
काजल, बिंदी, बिछुए,
नथनी, चूड़ी, मांग, टीका
सब कुछ, तुम्हारे नाम का
सादे कपड़ों से ढका ये तन
अब चमकदार जोड़े में परिवर्तित
हो गया, जो अब सब कुछ तुम्हारी देन है,

इतना मोल हो गया है, मेरा
बन्ना,
आजतक ये शर्म का पर्दा कहाँ था,
जो यकायक तुम्हें देखते ही
मेरी नज़रों में समा गया,
बन्ना, ये सब कुछ तो आता ही नहीं था।
मुझे,
अभी तो तुम्हारी नज़र ही इस देहरी तक
आई है,
तुम्हारा आना तो बाकी है, बन्ना,

अभी से अपनापन आने लगा मुझमे,
मन के तार क्या जुड़े, सम्हलना भी
आ गया मुझे,
वो प्यारी सी कोमल भावनायें जो सिर
उठाने लगी हैं, मुझमे कहीं, क्या

आपको भी भरमाने लगी हैं, बन्ना,
जितनी बेसब्री से मैं, आपको महसूस
करती हूँ
क्या आपको भी ऐसा ही कुछ होने लगा है,
बन्ना,

इन रस्मों से पहले, मेरे मन ने कुछ बताया है
आपको, जब मेरी देहरी पर जयमाला लिए
आप खड़े होंगे,
मेरे इंतजार में, तब आँखों ही आँखों में
ये सवाल, मैं
आपसे भी करूँगी, बन्ना,
बस, एक ख़्याल रखना,
मुस्कान की कटारी सम्हाल के रखना
वही कटारी मेरे पास भी होगी
बन्ना।

कुछ यूं भी

किसी की आदत हो जाना
भी इश्क़ होता है क्या,

कहते हैं वो हमें भूल जाओ
मगर कैसे यह नहीं बताते
बातों ही बातों में दिल लिए
जाना भी इश्क़ होता है क्या,

सोचते बहुत हैं, हम उन्हें,
उनका हमें मालूम नहीं,
ऐसे बेपरवाह से न जाने क्यों हम
दिल लगा बैठे,
बात बात पर उनका हम पर
रौब दिखाना भी
इश्क़ होता है क्या,

इंतजार में उनके, जां हमारी
निकल सी जाती है,
मशरूफ वो भी बहुत हैं,
जाने क्यों नज़रअंदाज सा
करते हैं,
इस नज़रअंदाजी में भी इश्क़
होता है क्या,

उनकी इस अदा पर मरने को
जी चाहता है मेरा,
ऐसी अदाओं में भी
इश्क़ होता है क्या।

वक़्त के साथ साथ

गांव की सरलता, वो अल्हड़पन
बहुत याद आता है,
हाँ, बहुत कुछ और भी
जैसे
गर्मियों की छुट्टियों में
गांव जाना, सुबह सवेरे ही
पक्षियों का कलरव सुनाई देना
वो बागों में आमों का
कच्चापन, बरबस ही चटकारा
मुँह में निपोरना,
तालाबों में, जानवरों का नहाना
हाथों में छोटी सी, पहाड़ी पीपल
की डंडियों से उन्हें हांकना
किसी नीम तले, किसानों
द्वारा हुक्कों का गुडगुड़ाना
भर दोपहर वो बच्चों का
नँगे पांव भागदौड़ करना,
उसी नीम पर झूलों की पींगे
भरना, वो चूरन की गोलियां
खेतों बीच चल रहे ट्यूबवेल पर
नहाना, दरांतियो से घास काटना
सुबह शाम, भैसों के दूध दुहने का
इंतजार करना,
अचार प्याज से नमक से बनी

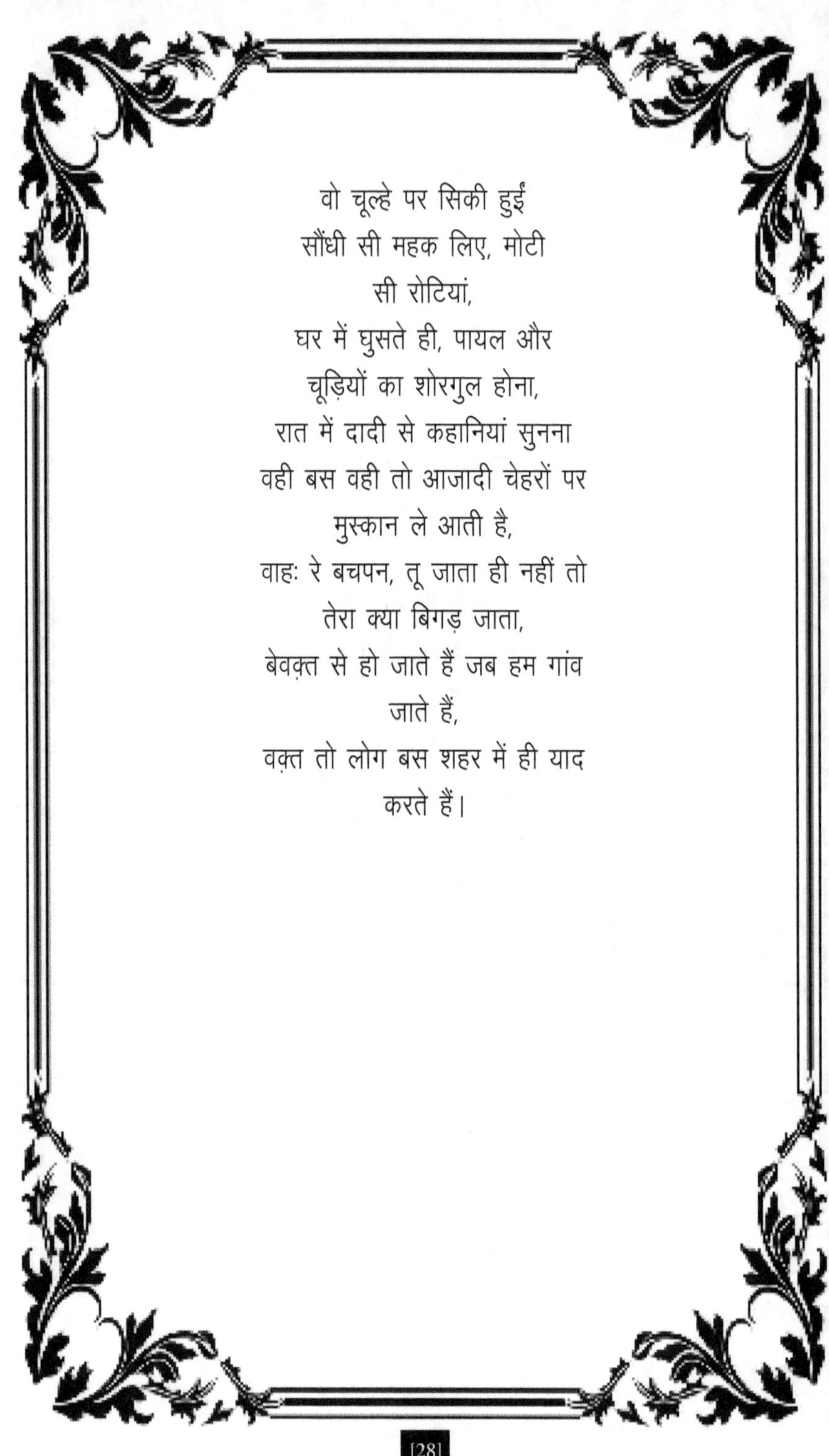

वो चूल्हे पर सिकी हुई
सौंधी सी महक लिए, मोटी
सी रोटियां,
घर में घुसते ही, पायल और
चूड़ियों का शोरगुल होना,
रात में दादी से कहानियां सुनना
वही बस वही तो आजादी चेहरों पर
मुस्कान ले आती है,
वाहः रे बचपन, तू जाता ही नहीं तो
तेरा क्या बिगड़ जाता,
बेवक़्त से हो जाते हैं जब हम गांव
जाते हैं,
वक़्त तो लोग बस शहर में ही याद
करते हैं।

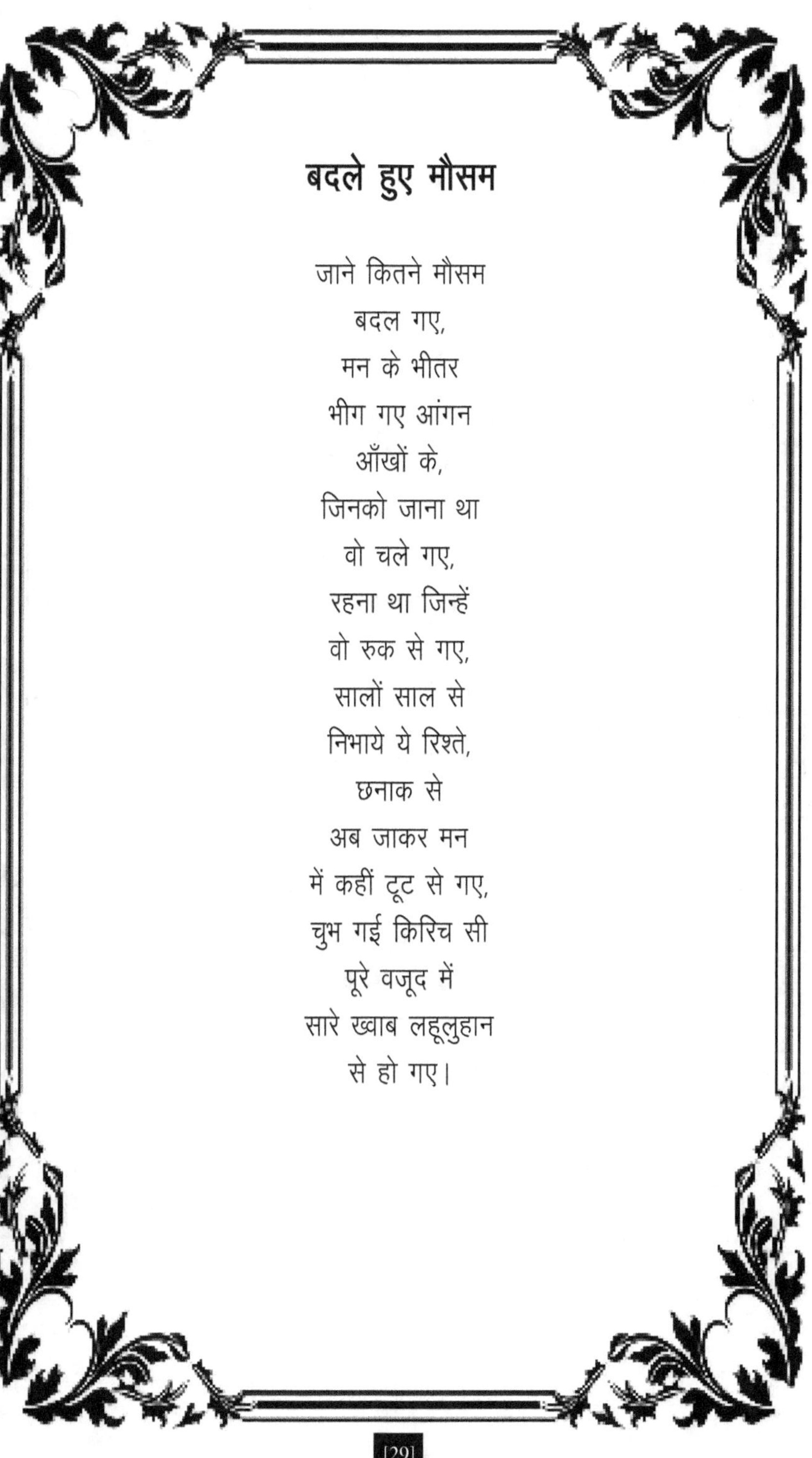

बदले हुए मौसम

जाने कितने मौसम
बदल गए,
मन के भीतर
भीग गए आंगन
आँखों के,
जिनको जाना था
वो चले गए,
रहना था जिन्हें
वो रुक से गए,
सालों साल से
निभाये ये रिश्ते,
छनाक से
अब जाकर मन
में कहीं टूट से गए,
चुभ गई किरिच सी
पूरे वजूद में
सारे ख्वाब लहूलुहान
से हो गए।

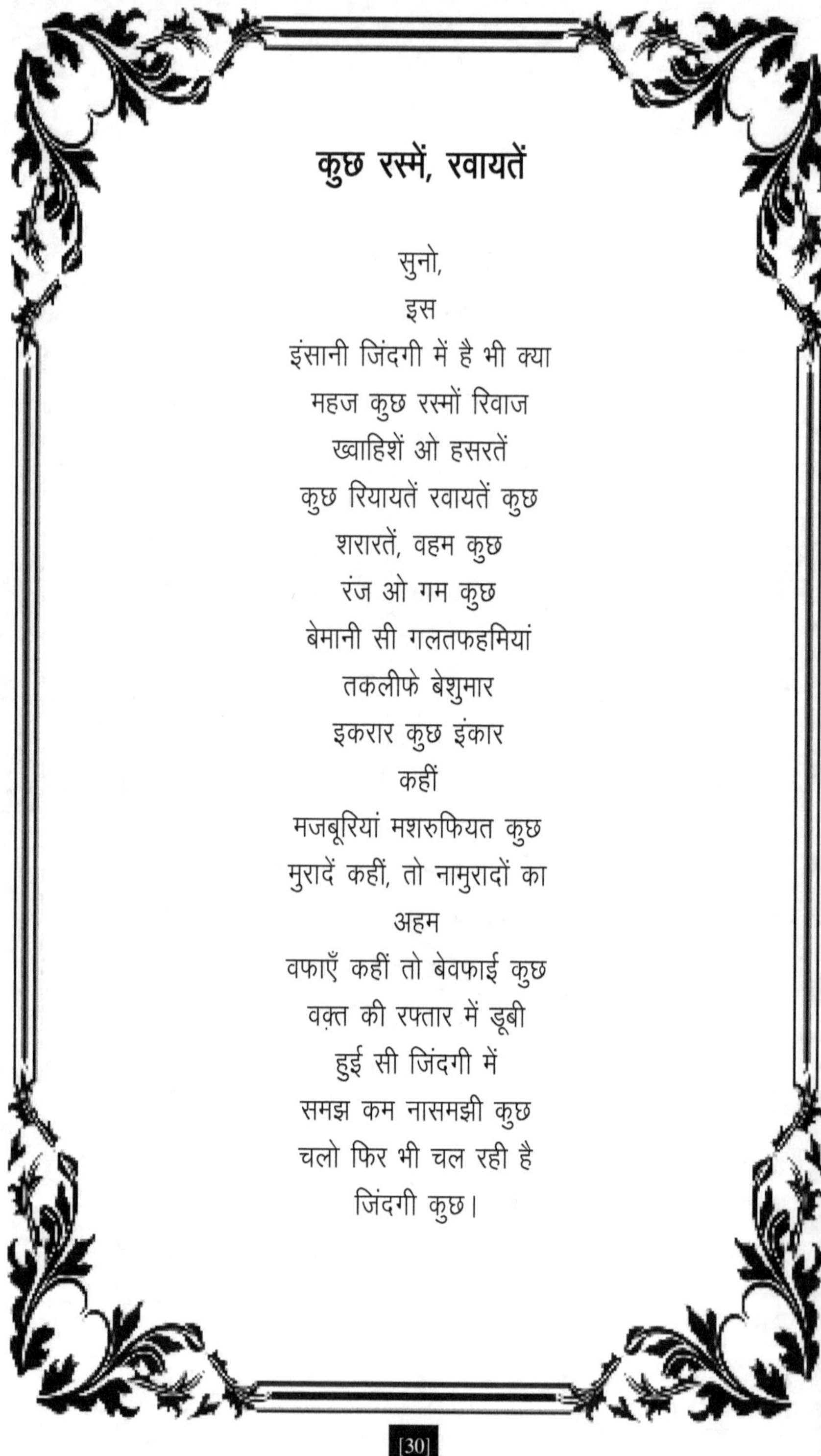

कुछ रस्में, रवायतें

सुनो,

इस

इंसानी जिंदगी में है भी क्या

महज कुछ रस्मों रिवाज

ख्वाहिशें ओ हसरतें

कुछ रियायतें रवायतें कुछ

शरारतें, वहम कुछ

रंज ओ गम कुछ

बेमानी सी गलतफहमियां

तकलीफे बेशुमार

इकरार कुछ इंकार

कहीं

मजबूरियां मशरुफियत कुछ

मुरादें कहीं, तो नामुरादों का

अहम

वफाएँ कहीं तो बेवफाई कुछ

वक़्त की रफ्तार में डूबी

हुई सी जिंदगी में

समझ कम नासमझी कुछ

चलो फिर भी चल रही है

जिंदगी कुछ।

जो चले गए

वो तो चला गया छोड़कर
अपने रास्ते,
एक मैं हूं अभी रास्ता
तय भी नहीं कर पाई,
किधर जाना है,
किस मोड़ तक जाना है
सन्न सी देखती रह गई,
बस उस रास्ते को जिस
रास्ते वो गया था,
मेरी निगाहें, वहीं तक
जाकर ठहर गईं,
जहां से उसने पलटकर
देखा था मुझे,
एक उम्मीद सी जगी तो थी
कि शायद !!
वो लौट आएगा,
ये सोचकर कि, मुझ
अकेली का और है कौन
इस ज़माने में एक उसके सिवा,
और मैं
ये भी तय नहीं कर पाई कि
बढ़कर रोक लूं उसे
बस यही सोचकर रुक गई कि
जाने दो ना 'रेणु'
नसीब में ही नहीं था वो
होता तो ऐसे अकेला छोड़कर
नहीं जाता।

किरिच

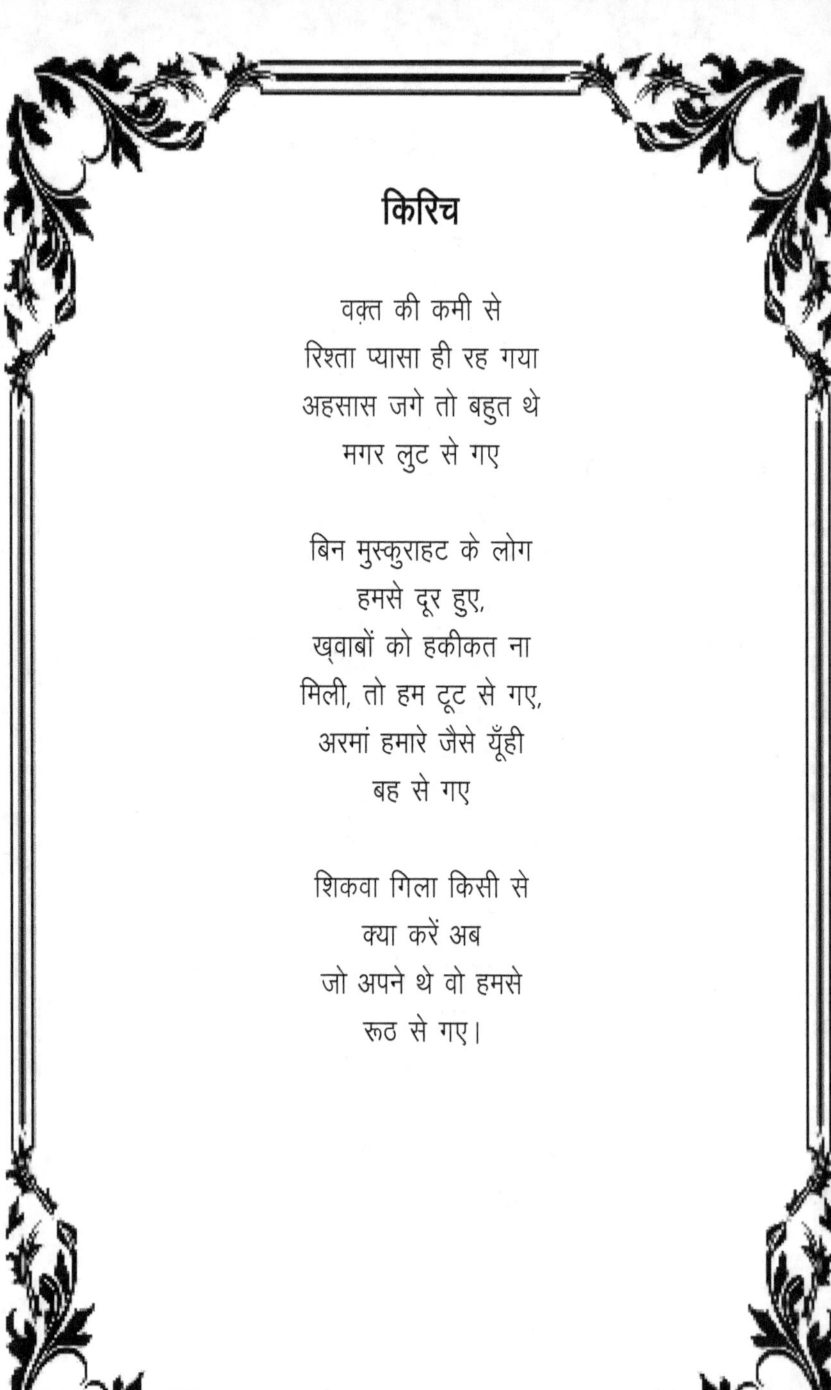

वक़्त की कमी से
रिश्ता प्यासा ही रह गया
अहसास जगे तो बहुत थे
मगर लुट से गए

बिन मुस्कुराहट के लोग
हमसे दूर हुए,
ख़्वाबों को हकीकत ना
मिली, तो हम टूट से गए,
अरमां हमारे जैसे यूँही
बह से गए

शिकवा गिला किसी से
क्या करें अब
जो अपने थे वो हमसे
रूठ से गए।

गम है तो है

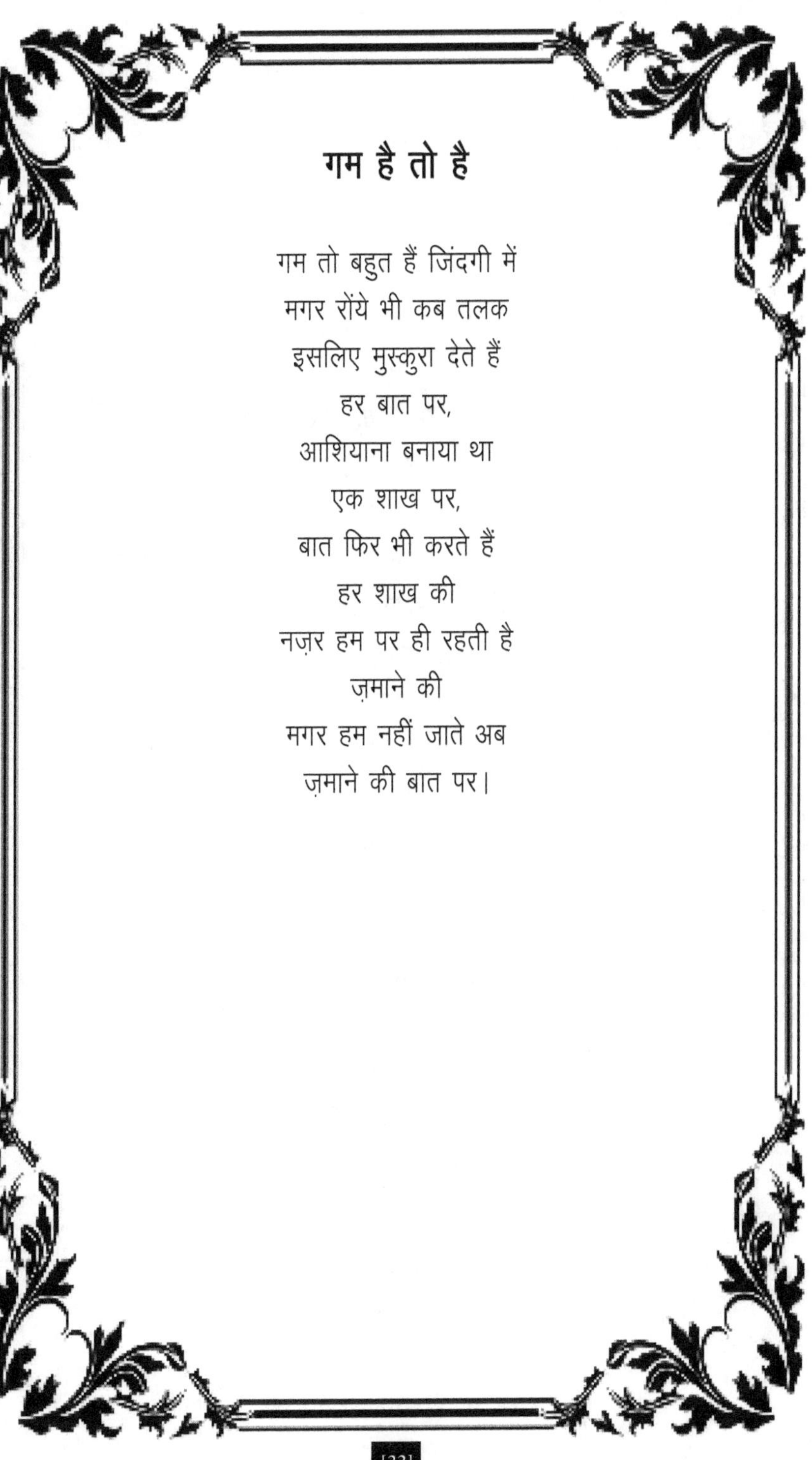

गम तो बहुत हैं जिंदगी में
मगर रोंये भी कब तलक
इसलिए मुस्कुरा देते हैं
हर बात पर,
आशियाना बनाया था
एक शाख पर,
बात फिर भी करते हैं
हर शाख की
नज़र हम पर ही रहती है
ज़माने की
मगर हम नहीं जाते अब
ज़माने की बात पर।

अंतिम

सुनो ना
तुम बहुत चाहते हो
ना मुझे,
हाँ मालूम है यह बात
मुझे,
पर जीवन बहुत बड़ा
तो नहीं,
कभी यूँ भी पहले जाना
पड़ा जो मुझे,
जब बिछुड़ना पड़ेगा तो
बस जाने देना मुझे,
मत रोना बिलखना, यूँही
आहे मत भरना, तुम
अंतिम विदाई मुस्कुरा देना
सोचना जाना ही था मुझे,
यह हार श्रृंगार, वो मेहंदी
हर त्यौहार पर जो लगाती
थी मैं, वो हर चीज जो
सजाती थी मुझे,
उम्र भर देखा जाए तो बहुत कम
ही सजी थी मैं,
तुम्हें मालूम तो है सादगी
बहुत पसंद थी मुझे,
चेहरे पर फबती थी बस

एक मुस्कुराहट मेरे
वह भी साथ लिए जाऊंगी मैं
अकेली का सफर होगा मेरा
हर बात यहीं छोड़ जाएगी मुझे,
तुम कभी रोये नहीं थे या ये कह
दो कि मैंने तुम्हें रोने ही नहीं दिया
था कभी, तुम्हें
मेरी रुख़्सती पर भी मत रोना
क्या मालूम अर्थी से उठ बैठूँ
पोछने आँसू तुम्हारे,
और तुम,
फिर से गले लगा लोगे मुझे
अब थक सी चली हूँ मैं
सफर मेरा लंबा हो शायद!
भटकी कहीं तो आऊंगी लेने तुम्हें,
तो मत कहना मत जाओ छोड़कर
तुम मुझे
रोकर रुख़्सती मत करना मेरी
नहीं तो बहुत याद आऊंगी तुझे
हँसकर पंहुचा देना उस मंज़िल
तक मेरी
जहां से लौटकर आना ना पड़े मुझे।

टूटा हुआ भरोसा

ना जाने कितनी बार टूटा था दिल उसका
शायद !! बहुत बार
यही कहा था ना उसने,
हाँ बिल्कुल यही कहा था,
मैंने सुना था, कान खोलकर
पढ़ा था, उसकी आँखों को
उसकी जबान कह रही थी
मैं चुप थी,
उसके बावजूद भी, उसे हर
तरह से महसूस किया था मैंने
उसकी हर बात पर भरोसा था
जबकि शायद! वो झूठा था,
फिर भी उतर गया मन में
धड़कन रुक सी गई थी,
दिल ने कहा था, क्या सोचना
जो है तो है,
चली गई उस ओर, बिन सोचे
कुछ भी ख़्याल ना रहा था,
नासमझ दिल को उलझा बैठी थी
जिंदगी दूभर हो जाएगी,
नहीं जाना था,
चल पड़ी थी उस राह जिस पर
नहीं चलना था,
अफसोस कैसा, अब उस नासमझी का
जिसने तार तार किया जिंदगी को,
टूटा भरोसा, बिखर गया वजूद
अब समेटती रहूंगी उम्र भर।

राब्ता है तुझसे

सुना है, बहुत ऊंचा सुनते हो
गर कभी मैं कुछ सुनाऊं तो
गर्दन झुका लेना

2—रूठ जाओगे जब तुम कभी
तो मैं मना लूँगी
गर मैं कभी रूठ जाऊं तो तुम
मना लेना
3— राब्ता बस तुम्हीं से है मेरा
बेख़बर हूँ अब इस ज़माने से
मैं तुम्हारी ख़बर रख लूंगी
तुम मेरी ख़बर रख लेना

4— पर्दे की बातें हैं ये तुम्हारी मेरी
जान हथेली पर रखकर मोहब्बत
की है हमने
कभी आँखों से, मैं मुस्कुरा दूंगी
तुम लबों से मुस्कुरा लेना

खंडित

तुम खंडित थे,
ना जाने क्यों, तुम्हें चाहा
मैंने
जबकि पता मुझे भी था
कि मंदिर में रखी गई
खंडित मूर्ति, पूजी नहीं
जाती है,
पर सब जानते हुए भी
पूज बैठी,
ना चाहते हुए भी, मन
में बसा बैठी,
अर्पण कर बैठी तुम पर
वो सब कुछ, जो नहीं करना था
समझती थी मैं
अकारण तो नहीं हो
मेरे जीवन में तुम, कारण तो अवश्य
ही होगा यहाँ
तभी तो भूल बैठी थी, कि तुम
खंडित हो,
तुमने भी तो लाज नहीं रखी
मेरे अर्पण की, समर्पण की
दिखा गए, अपना रूप
अपनी काम वासना, अपनी हर
वो कमी जिसका खंडन
करती थी, तुम्हारी आत्मा

जो तुम्हारी ही तरह खंडित थी,
तुमसे मिलकर हुई थी मैं भी
खंडित,
बिखरी पड़ी हूँ इस जीवन में
ना जाने कितने जन्मों तक
यूँही, रहूंगी खंडित प्रतिमा सी।

कशिश

यूँही बस बादलों को देखने से मन मे हलचल सी हुई,
जाते जाते एक बदली बोली, सुन तुझे क्या जरूरत आन
पड़ी,
बरसात होती है नहीं होती क्या अंतर पड़ता है तुझे
तेरी आँखों की नमी, बरसात की कमी पूरी करती रहती है

मत देखा कर आते जाते बादलों को यूँही,
रास्ता ना रोका कर हमारा, नहीं तो
मजबूरन यहीं बरसना पड़ेगा हमें

वो कली मुस्काई, सुनकर आँखें भर आई
छुपा लिए आंसू और मुख से आह निकल आई,
बोली जाओ सखी, बरसना पी के देश
उन्हें दे देना संदेश, बहुत याद आती है
तभी तो आँख भर आती है।

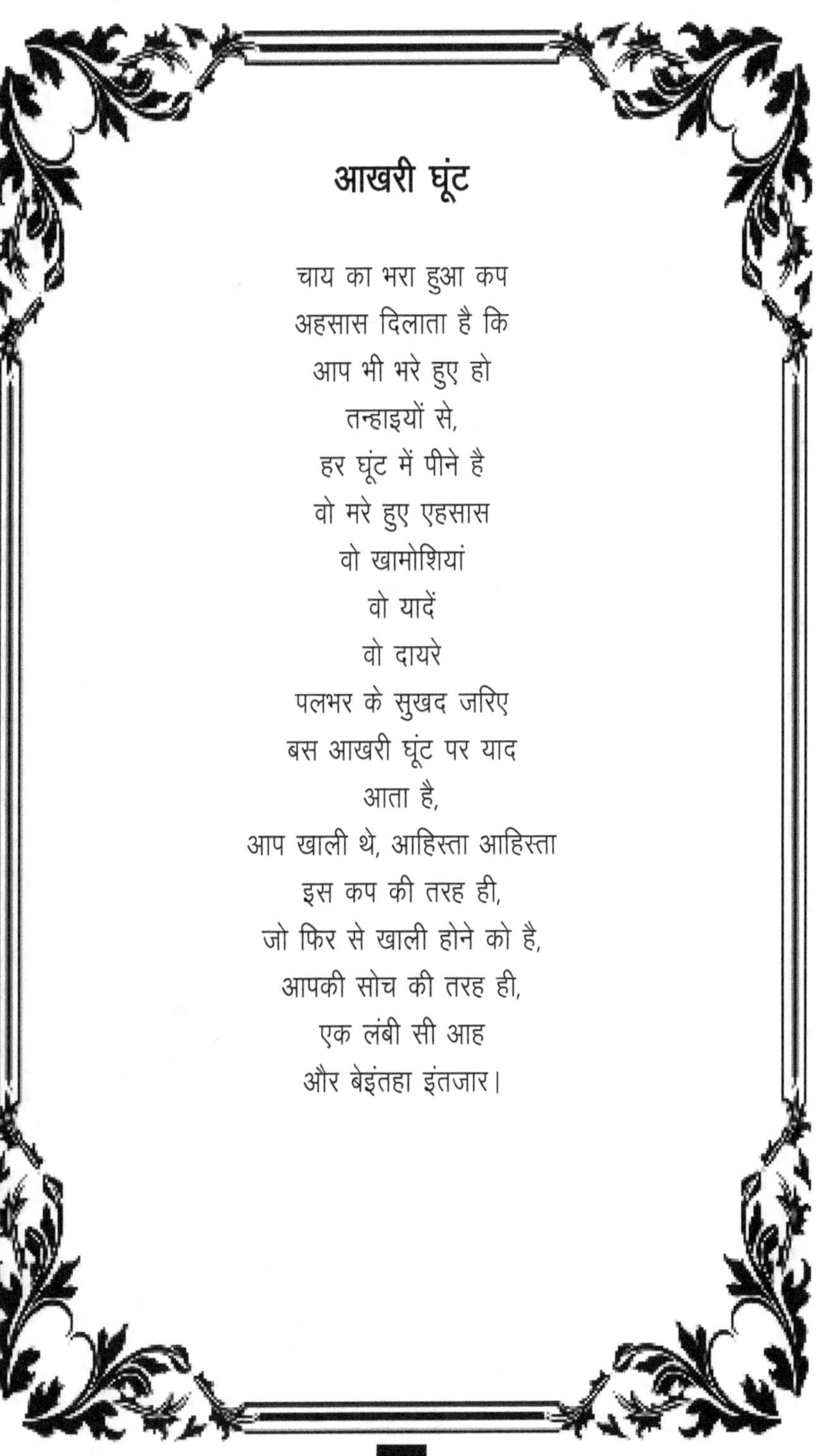

आखरी घूंट

चाय का भरा हुआ कप
अहसास दिलाता है कि
आप भी भरे हुए हो
तन्हाइयों से,
हर घूंट में पीने है
वो मरे हुए एहसास
वो खामोशियां
वो यादें
वो दायरे
पलभर के सुखद जरिए
बस आखरी घूंट पर याद
आता है,
आप खाली थे, आहिस्ता आहिस्ता
इस कप की तरह ही,
जो फिर से खाली होने को है,
आपकी सोच की तरह ही,
एक लंबी सी आह
और बेइंतहा इंतजार।

श्रृंखला में बंदिशें

खिड़कियों ओ दरवाजों से झांकती स्त्रियां, अक्सर दिख ही जाती हैं,

बस दिखता है तो केवल एक निश्छल सा चेहरा

वो बेबस आँखें,

मुस्कुराते हुए होंठ,

गालों पर पड़ी कुछ झुर्रियां,

और वो चिन्ह, जिनसे आभास

होता हैं कि इस घर में स्त्रियां बसी हैं

जो अपने हर अरमानों का बिछोना

बिछाए बैठी रहती हैं, एक

तपस्वी की तरह,

कानों में लटकी बालियां,

नाक में नथ,

हाथों में रंग बिरंगी चूड़ियां,

पैरों में पायल,

कलाकारी कपड़ों पर, मांग का सिंदूर

नहीं दिखता है किसी को

बस उनका अस्तित्व, क्योंकि यह

ससुराल है, यहाँ केवल बंदिशें हैं

चलना है, इन्हीं जलते अंगारों पर

उम्र भर, ना सोच समझ अपनी

ना ही अस्तित्व अपना,

परजीवी सी बन जाती हैं, स्त्रियां

ससुराल के आंगन में, वो

स्वतंत्रता तो छोड़ आती हैं

मायके की गलियों में,
उन्होंने देखा होता है मायके का
बाहरी वातावरण,
अल्हड़पन, हँसी ठिठोली, वो
उन्मादी से त्यौहार,
उन्मुक्त सा जीवन,
वो सावन के झूले, दूर तलक
झंकृत बोल,
अब तरसती हैं, वो स्वतंत्रता को
जो मृत्यु के बाद ही मिलेगी,
यही है शेष अस्तित्व।

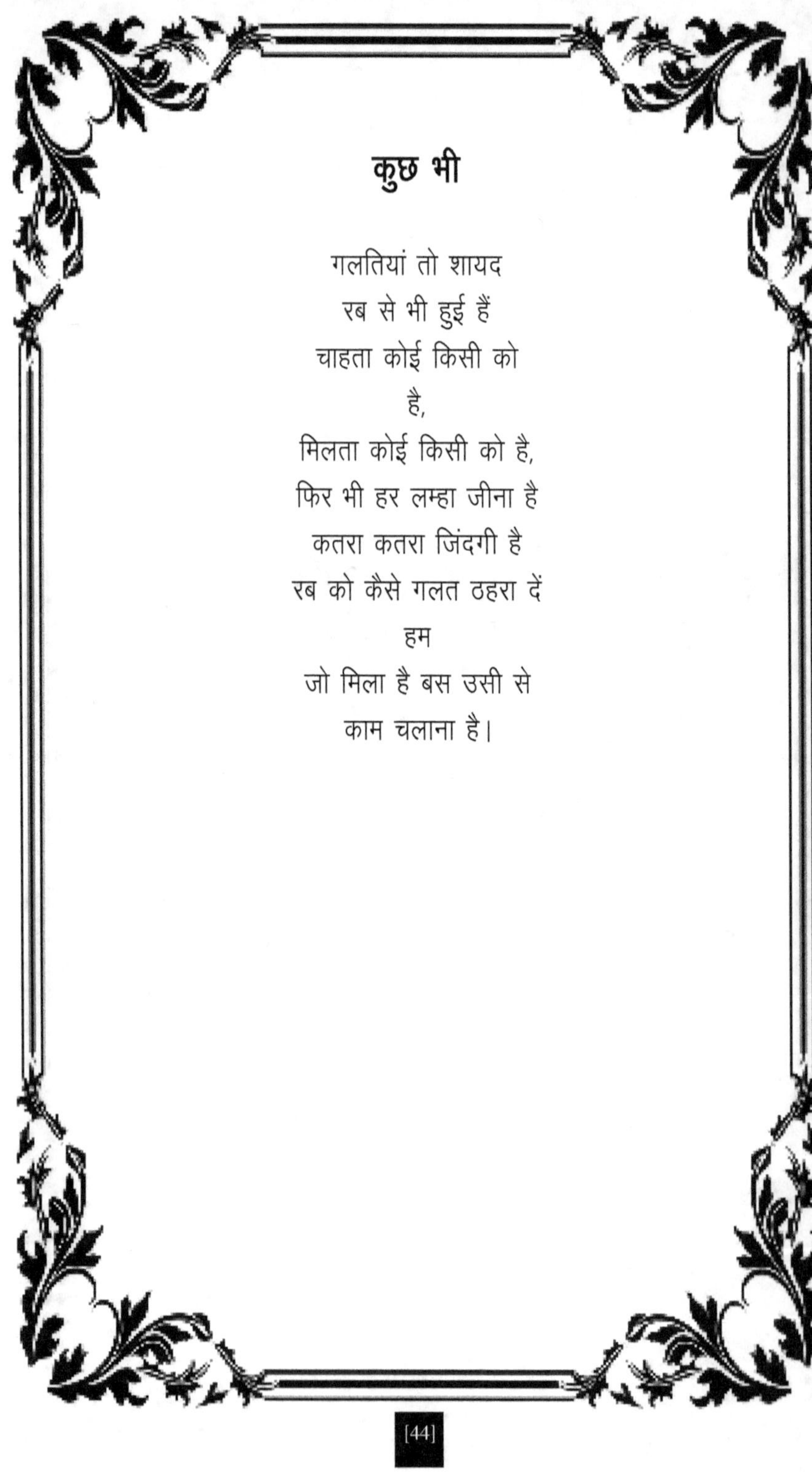

कुछ भी

गलतियां तो शायद
रब से भी हुई हैं
चाहता कोई किसी को
है,
मिलता कोई किसी को है,
फिर भी हर लम्हा जीना है
कतरा कतरा जिंदगी है
रब को कैसे गलत ठहरा दें
हम
जो मिला है बस उसी से
काम चलाना है।

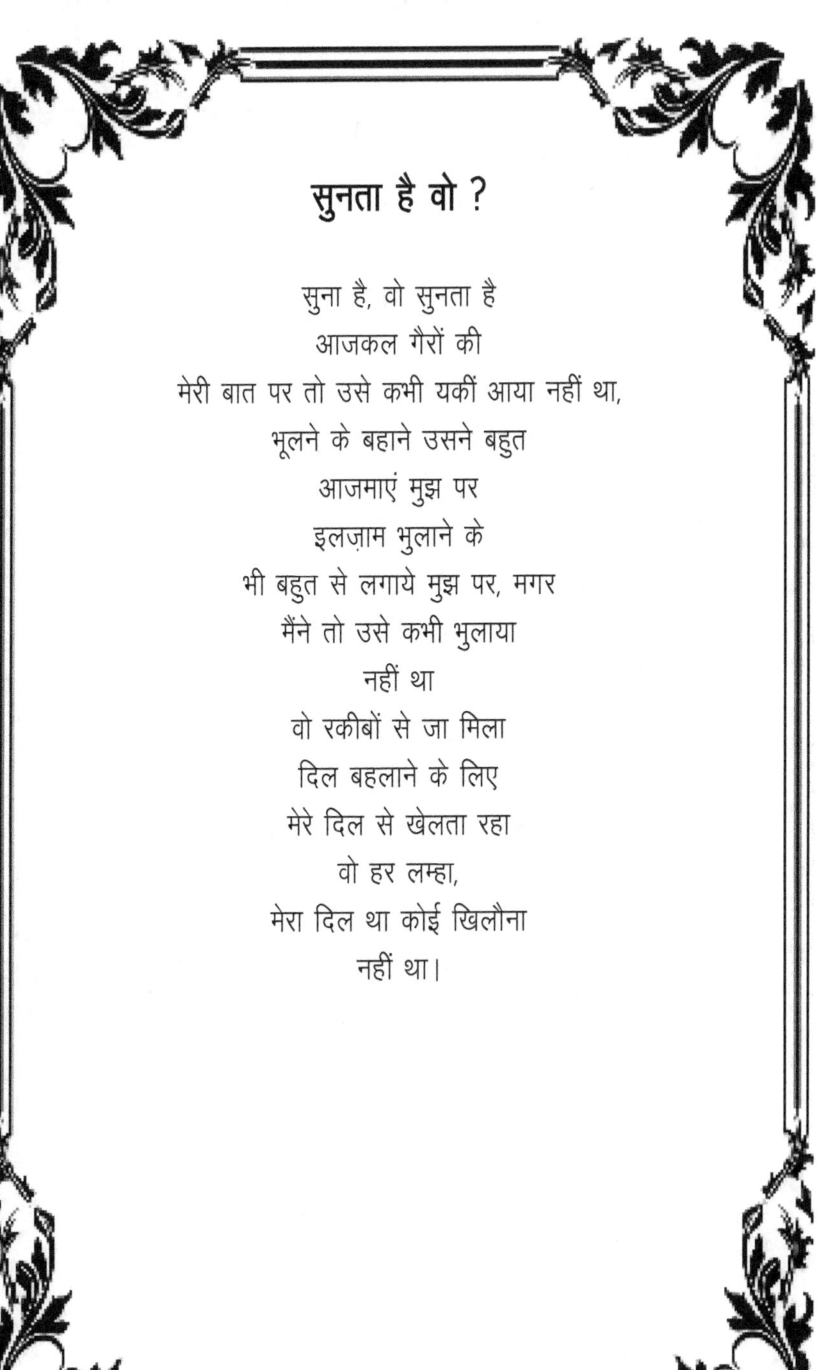

सुनता है वो ?

सुना है, वो सुनता है
आजकल गैरों की
मेरी बात पर तो उसे कभी यकीं आया नहीं था,
भूलने के बहाने उसने बहुत
आजमाएं मुझ पर
इलज़ाम भुलाने के
भी बहुत से लगाये मुझ पर, मगर
मैंने तो उसे कभी भुलाया
नहीं था
वो रकीबों से जा मिला
दिल बहलाने के लिए
मेरे दिल से खेलता रहा
वो हर लम्हा,
मेरा दिल था कोई खिलौना
नहीं था।

बहुत कम मिलते हैं वो, आजकल

अब बात बहुत ही कम
होती है, उससे
कहूँ तो ना के बराबर
फायदा भी नहीं है तो
नुकसान भी कुछ नहीं है
हां पहले घँटों बात होती थी
दोनों ही अपनी अपनी
राम कहानी बुनते थे,
हँसते थे गुनगुनाते भी थे
दूरियां पल में खत्म हो जाया
करती थीं
लबों पर मुस्कुराहट होती थी
एक तसल्ली,
बस हर दिन मिलने जैसी
पर वो कहते हैं ना, हर बात की
सीमाएं तय होती हैं,
उसने बांध दी थी, सीमाएं,
वो मन कहाँ पढ़ पाया था,
इस तन में ढूंढता रहा मुझे,
महज एक प्यास जिसे बुझाना
उचित भी है और औचित्य भी
एक पुरूष का पुरूषत्व जगता है
पुरूष गिर भी जाये तो भी
उठाना तो स्त्री को ही पड़ता है,

शायद ! उसे बंधन महसूस होने लगा था
वो पुरुष था ना
मैं एक स्त्री, मुझे तो समर्पण की कीमत
चुकानी ही थी,
सो दूरियां बनाम दायरे जरूरी थे
उसे खुशी देने के लिए।

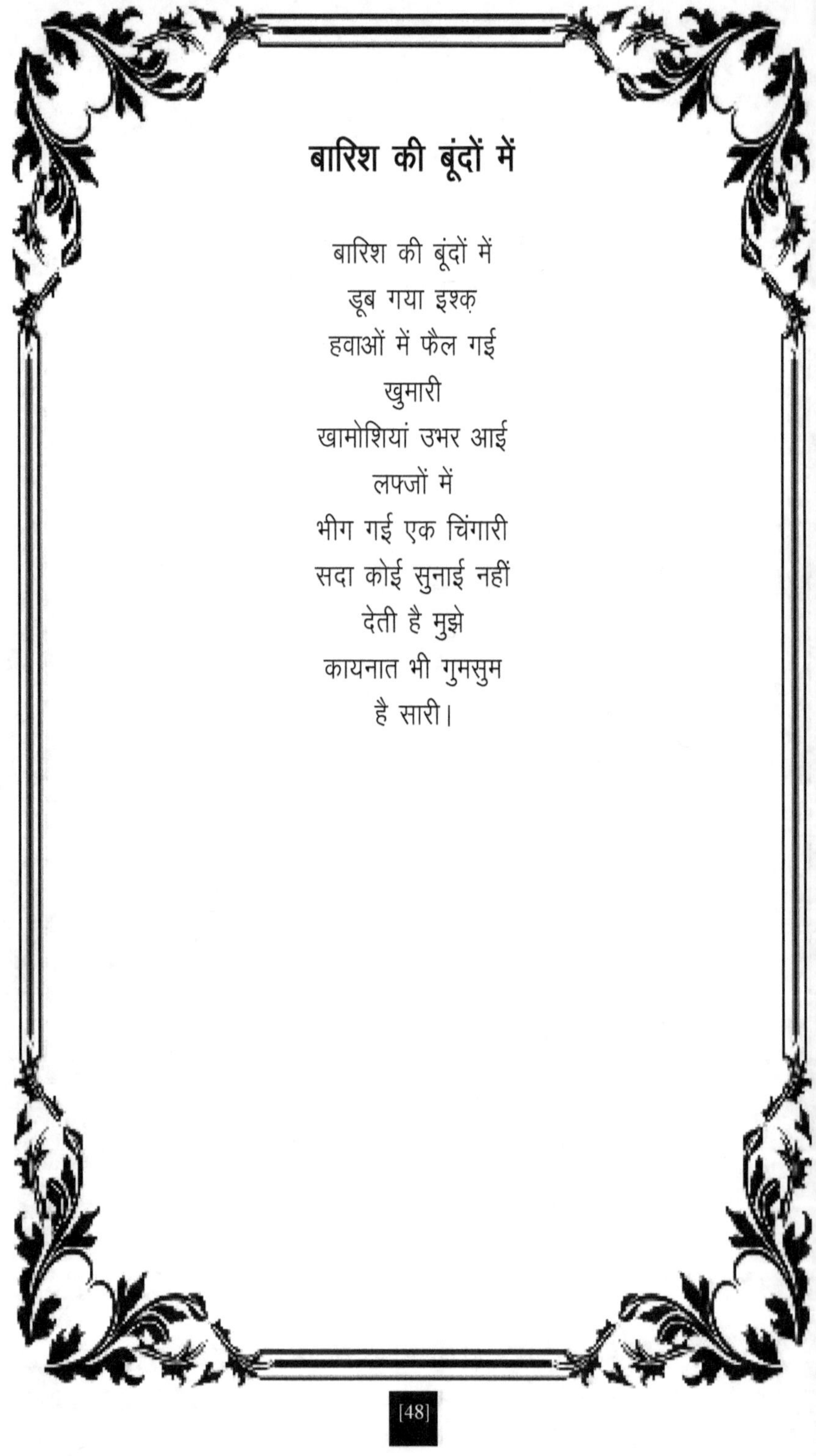

बारिश की बूंदों में

बारिश की बूंदों में
डूब गया इश्क़
हवाओं में फैल गई
खुमारी
खामोशियां उभर आई
लफ़्जों में
भीग गई एक चिंगारी
सदा कोई सुनाई नहीं
देती है मुझे
कायनात भी गुमसुम
है सारी।

प्रेम–विरह

प्रेम विरह की अग्नि में जल गई मीरा
और राधा ने अंसुअन नीर बहाए,

रहे सामने जब अंखियन के कान्हा, तब
कुछ समझ ना पाय,
अल्हड़ मति समझ कर सारे दिन रैन
यूँही गंवाए,

जब हुई विदाई कान्हा की, तब कुछ
समझ ना आये,
देर हुई अब क्या रहा, बिछुड़त दिन
भी आये,
समझ सकी ना प्रेम को दोनों, जिस
कान्हा संग दिन रैन बिताये,

काहे लगन लगी अब दोनों को, जब
कान्हा जग लगन लगाए,
मीरा गाती दिन रैन सांवरे, प्रीत की
लगन जगाए,
राधा नित गागर भरती जमुना तट
नयनों में नीर समाए,

कैसा प्रेम है इन दोनों का, जब कान्हा
को समझ ना पाए,
बावरी भई दोनों की दोनों, जग से पूछत
जाए,
कान्हा कान्हा पुकारे नित दोनों, कान्हा
इनमें ही समाए।

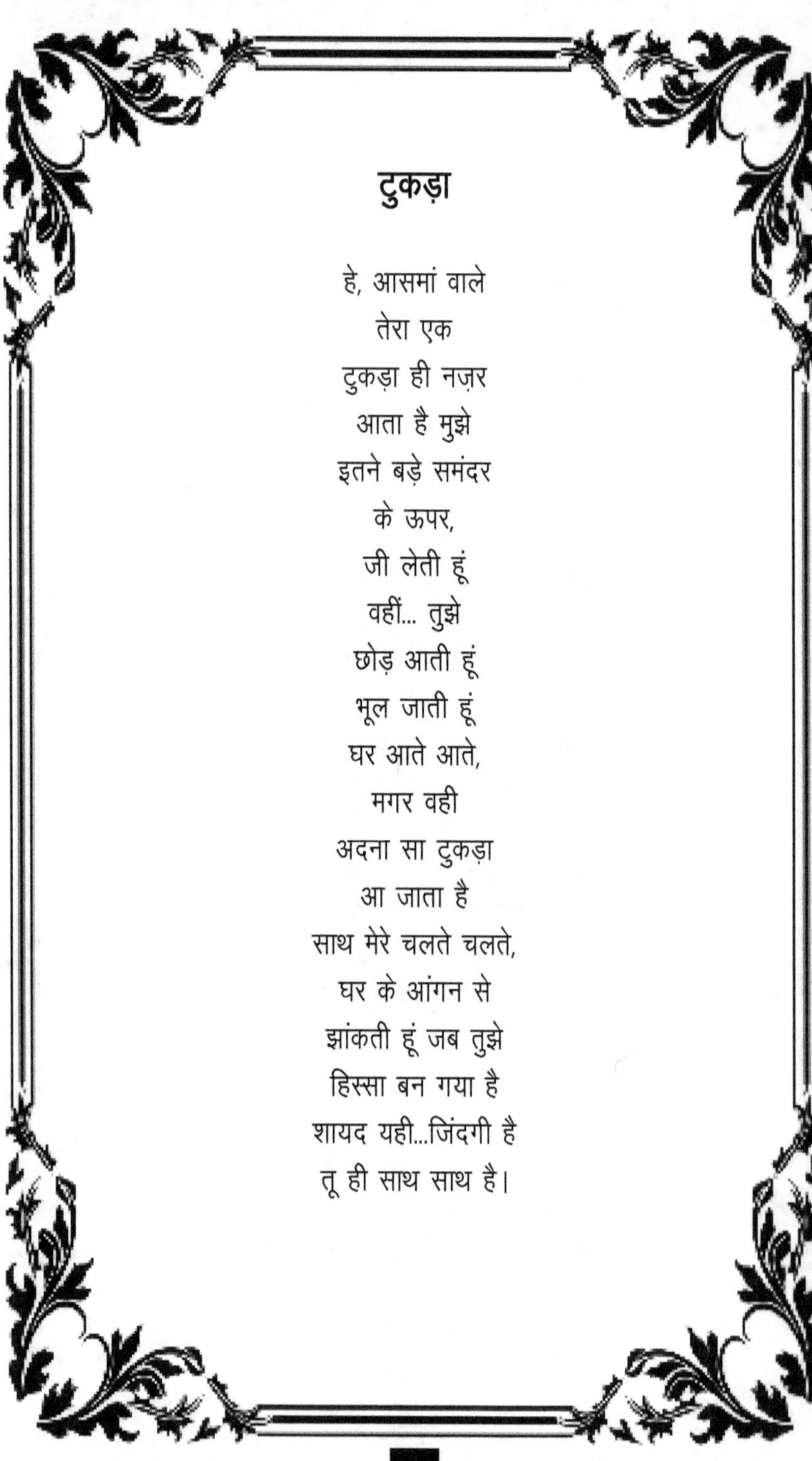

टुकड़ा

हे, आसमां वाले
तेरा एक
टुकड़ा ही नज़र
आता है मुझे
इतने बड़े समंदर
के ऊपर,
जी लेती हूं
वहीं... तुझे
छोड़ आती हूं
भूल जाती हूं
घर आते आते,
मगर वही
अदना सा टुकड़ा
आ जाता है
साथ मेरे चलते चलते,
घर के आंगन से
झांकती हूं जब तुझे
हिस्सा बन गया है
शायद यही...जिंदगी है
तू ही साथ साथ है।

उड़ान

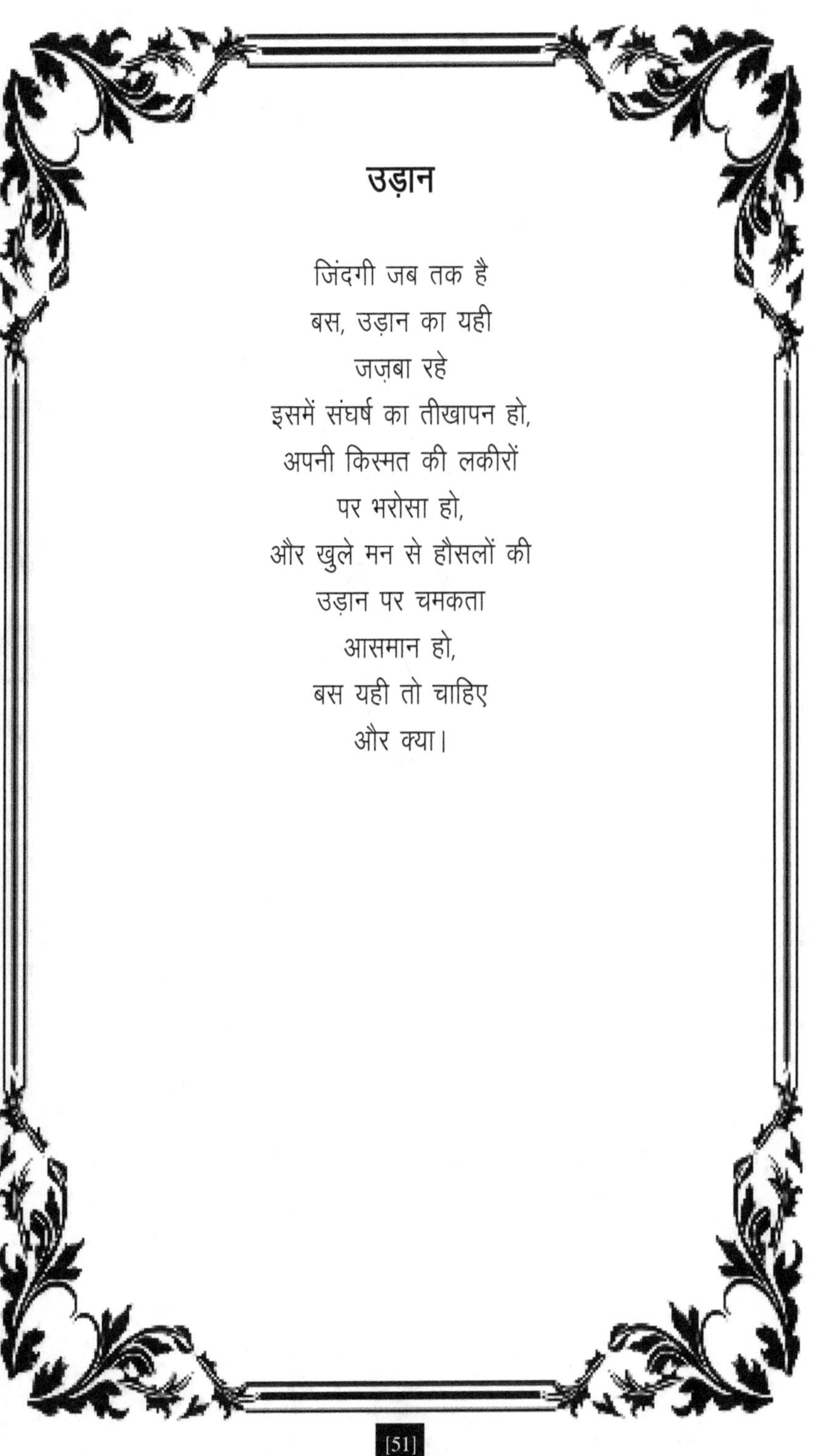

जिंदगी जब तक है
बस, उड़ान का यही
जज़बा रहे
इसमें संघर्ष का तीखापन हो,
अपनी किस्मत की लकीरों
पर भरोसा हो,
और खुले मन से हौसलों की
उड़ान पर चमकता
आसमान हो,
बस यही तो चाहिए
और क्या।

गुरूर

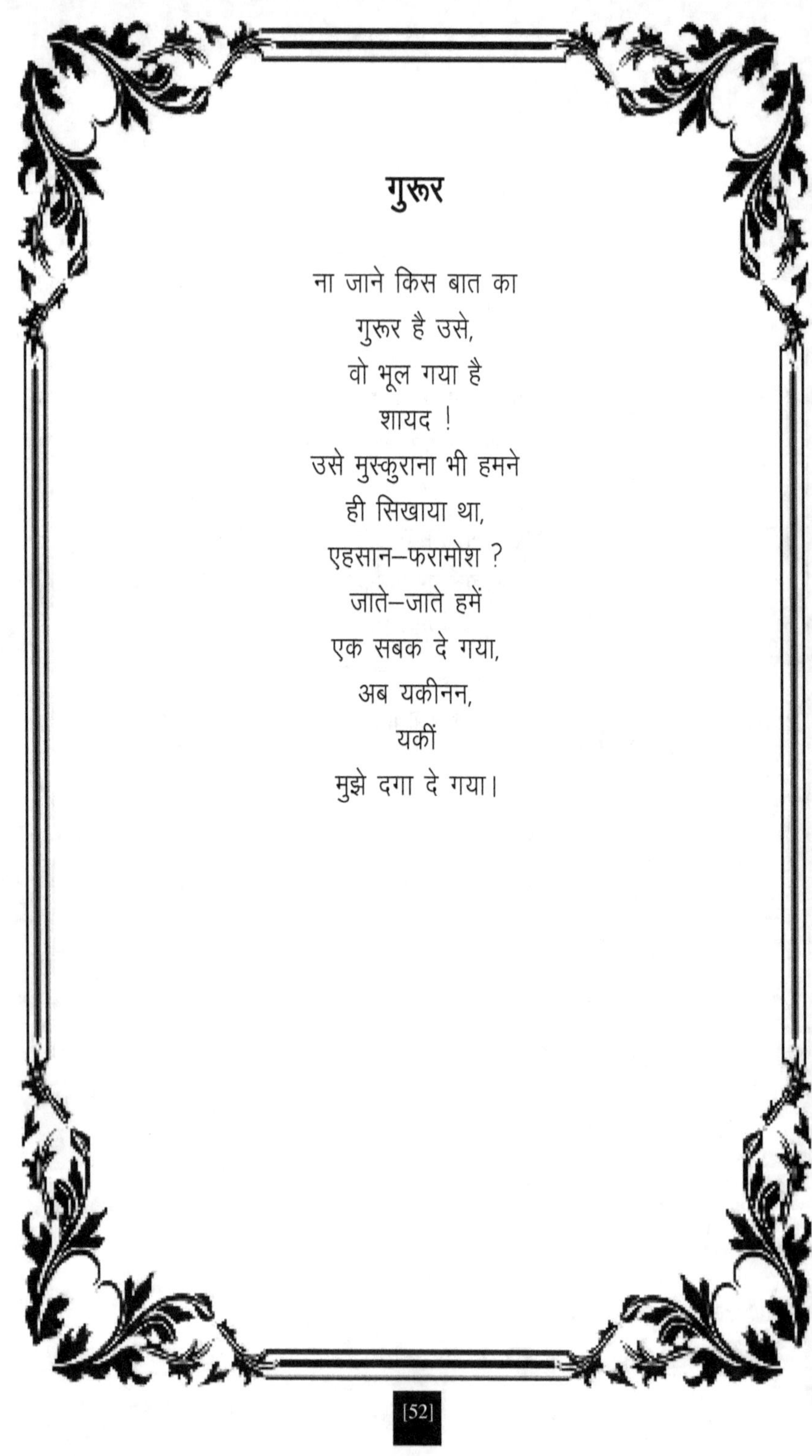

ना जाने किस बात का
गुरूर है उसे,
वो भूल गया है
शायद !
उसे मुस्कुराना भी हमने
ही सिखाया था,
एहसान–फरामोश ?
जाते–जाते हमें
एक सबक दे गया,
अब यकीनन,
यकीं
मुझे दगा दे गया।

ठहरना तुम मेरे लिए

जन्म–जन्मांतर तक

यूँ ही

ये एक शाश्वत सत्य रहेगा

मुझे जन्म लेते रहना होगा

तुम्हारे लिए

आस रहेगी, तुमसे उस

अनमोल मिलन की

तब तक

ठहरना तुम मेरे लिए !

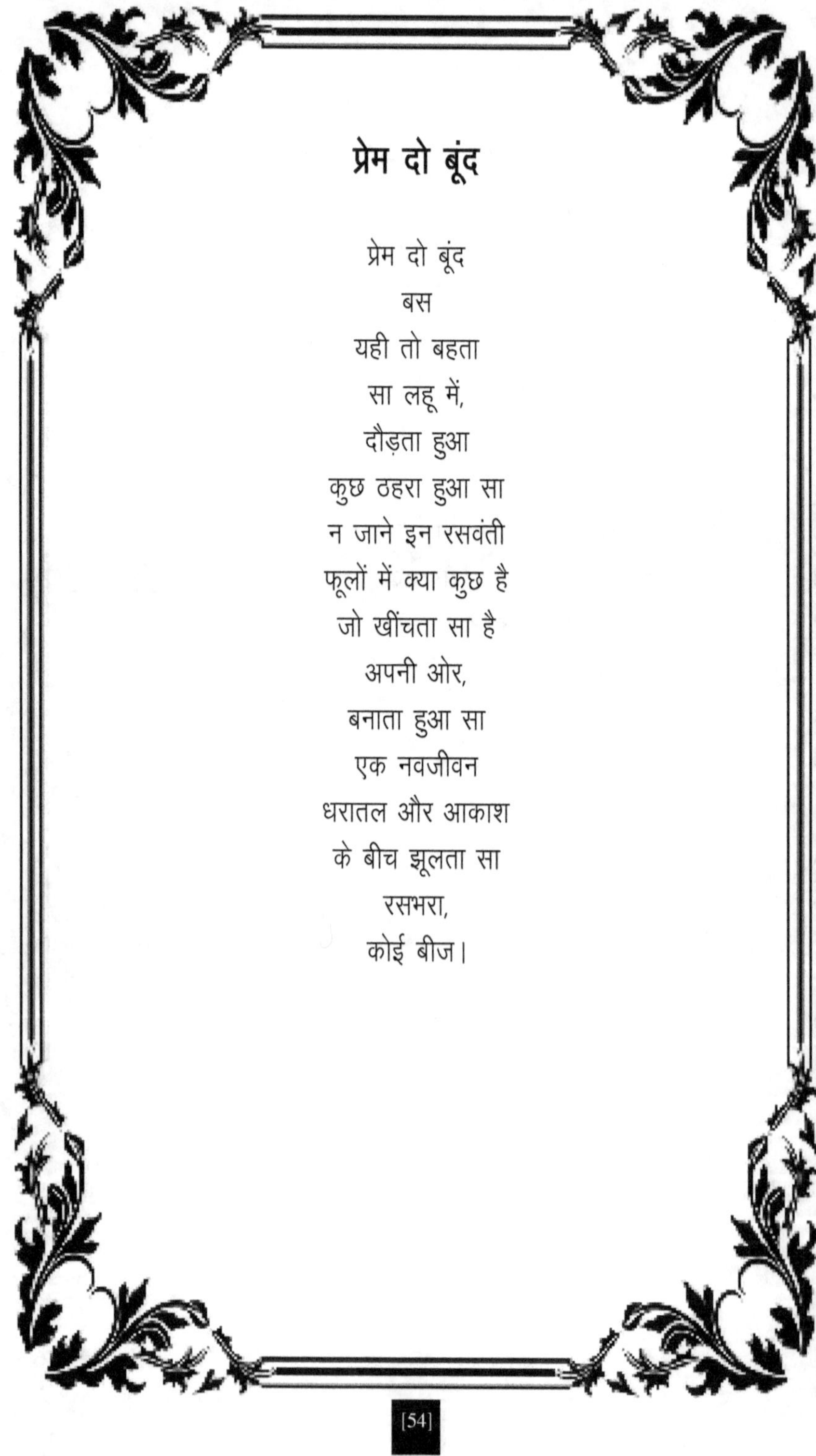

प्रेम दो बूंद

प्रेम दो बूंद
बस
यही तो बहता
सा लहू में,
दौड़ता हुआ
कुछ ठहरा हुआ सा
न जाने इन रसवंती
फूलों में क्या कुछ है
जो खींचता सा है
अपनी ओर,
बनाता हुआ सा
एक नवजीवन
धरातल और आकाश
के बीच झूलता सा
रसभरा,
कोई बीज।

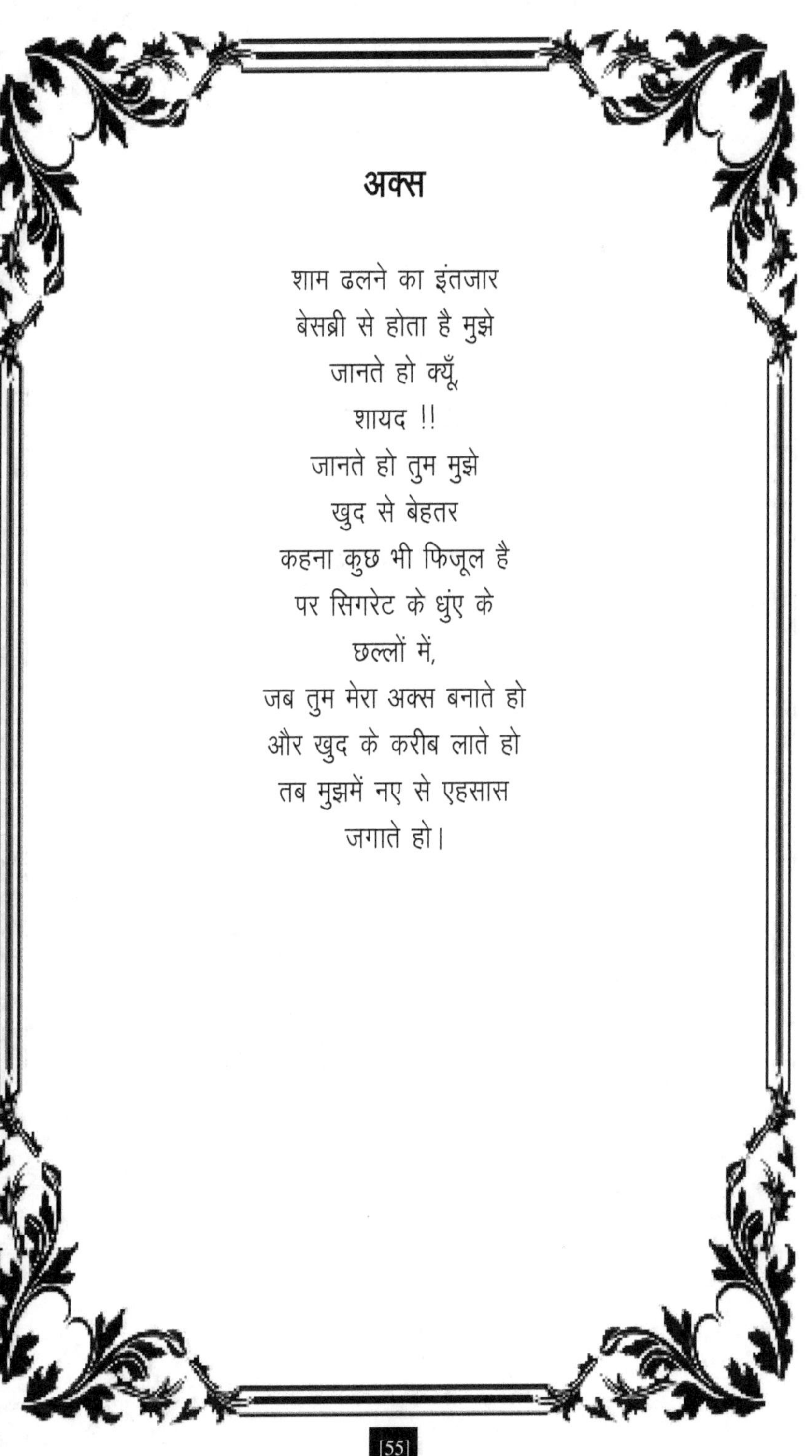

अक्स

शाम ढलने का इंतजार
बेसब्री से होता है मुझे
जानते हो क्यूँ
शायद !!
जानते हो तुम मुझे
खुद से बेहतर
कहना कुछ भी फिजूल है
पर सिगरेट के धुंए के
छल्लों में,
जब तुम मेरा अक्स बनाते हो
और खुद के करीब लाते हो
तब मुझमें नए से एहसास
जगाते हो।

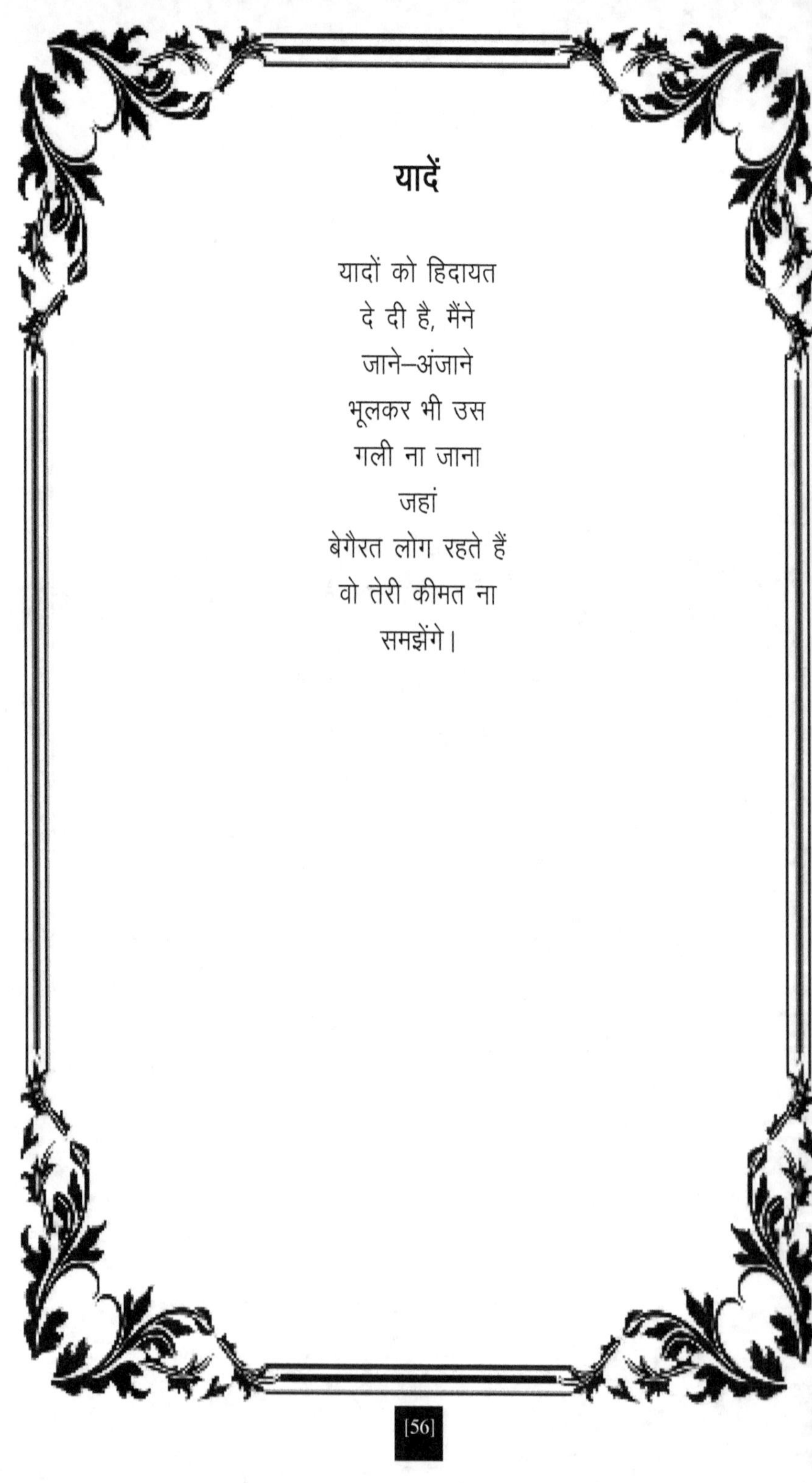

यादें

यादों को हिदायत
दे दी है, मैंने
जाने–अंजाने
भूलकर भी उस
गली ना जाना
जहां
बेगैरत लोग रहते हैं
वो तेरी कीमत ना
समझेंगे।

अधूरी दास्ताँ

सुनो
और देखो
यह थी एक अधूरी
दास्तां,
बस ख्वाहिश थी
एक फूल की और
कुछ खूबसूरत
लफ्जों की
जो तुम अधूरी
छोड़ गए,
इस बेरहम वक़्त पर।

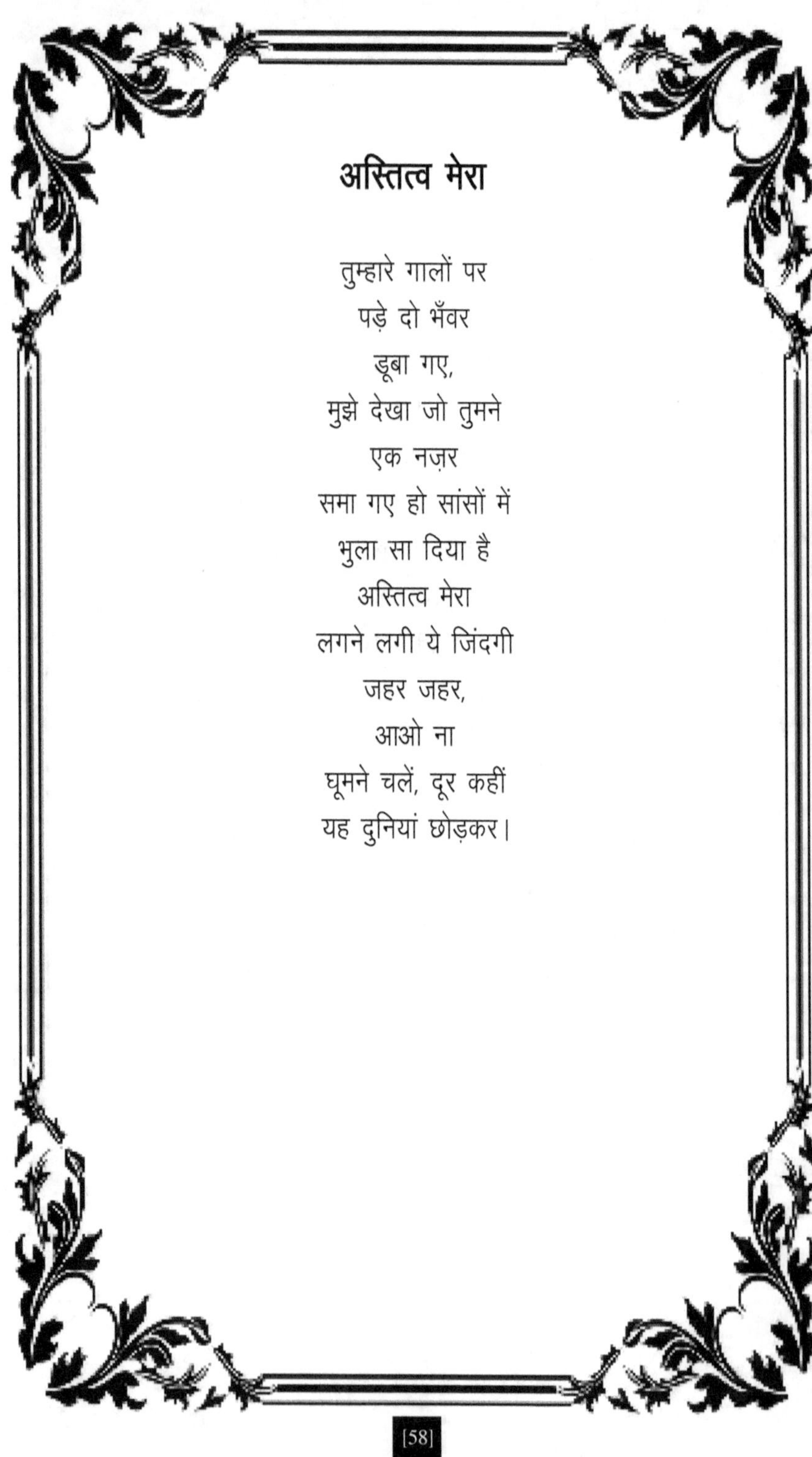

अस्तित्व मेरा

तुम्हारे गालों पर
पड़े दो भँवर
डूबा गए,
मुझे देखा जो तुमने
एक नज़र
समा गए हो सांसों में
भुला सा दिया है
अस्तित्व मेरा
लगने लगी ये जिंदगी
जहर जहर,
आओ ना
घूमने चलें, दूर कहीं
यह दुनियां छोड़कर।

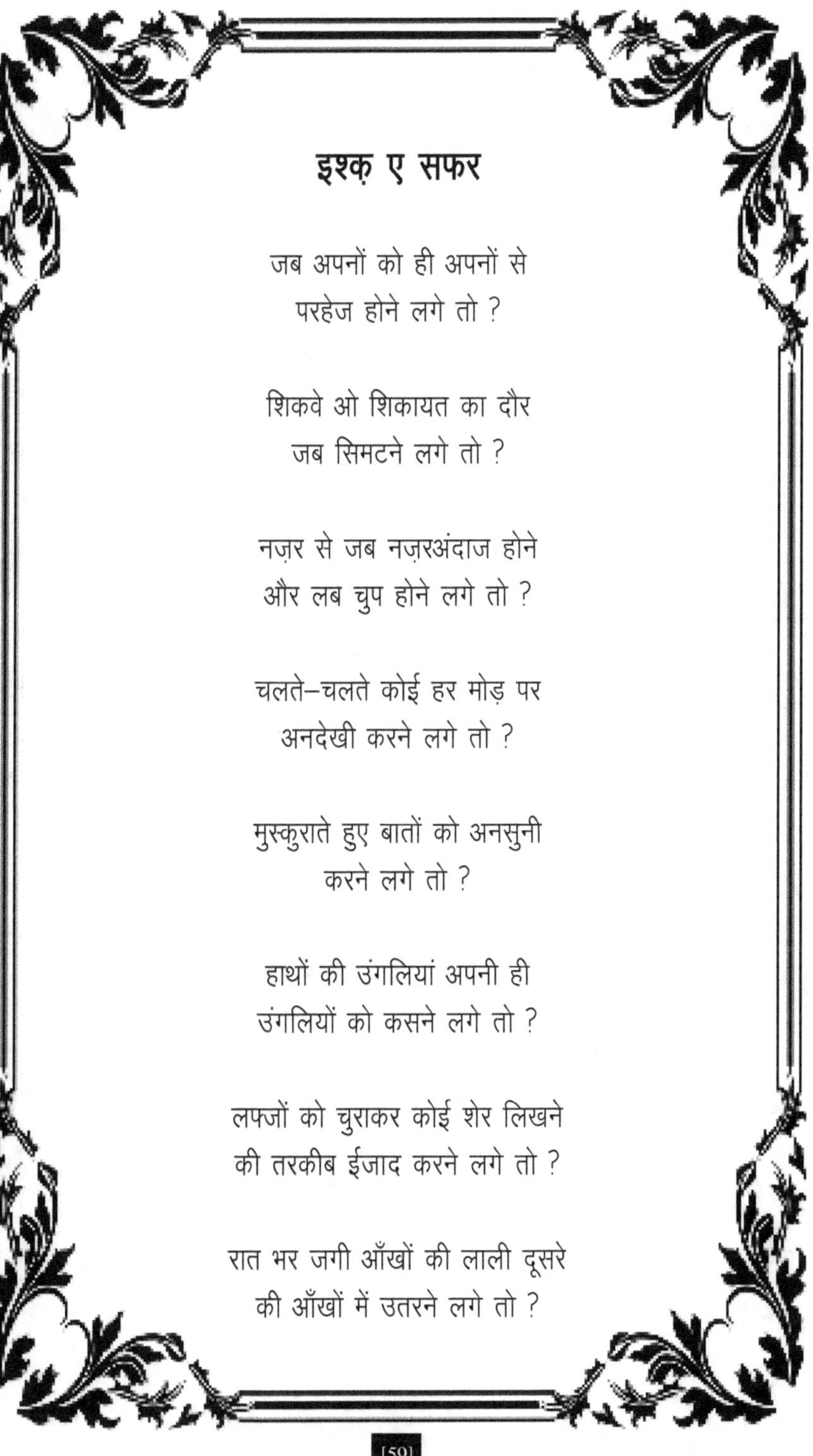

इश्क़ ए सफर

जब अपनों को ही अपनों से
परहेज होने लगे तो ?

शिकवे ओ शिकायत का दौर
जब सिमटने लगे तो ?

नज़र से जब नज़रअंदाज होने
और लब चुप होने लगे तो ?

चलते–चलते कोई हर मोड़ पर
अनदेखी करने लगे तो ?

मुस्कुराते हुए बातों को अनसुनी
करने लगे तो ?

हाथों की उंगलियां अपनी ही
उंगलियों को कसने लगे तो ?

लफ्जों को चुराकर कोई शेर लिखने
की तरकीब ईजाद करने लगे तो ?

रात भर जगी आँखों की लाली दूसरे
की आँखों में उतरने लगे तो ?

बिखरी सी जुल्फें कभी संवरने की
कोशिश करने लगे तो ?
बार –बार हाथों की हथेलियां मुँह
को चूमने लगे तो ?
तो ये रूहानी इश्क़ ठहरा है मेरी जान
और कुछ भी नहीं !!

आत्मचिंतन

आत्मचिंतन
आप में बहुत कमियां हैं तो
खूबियां भी बहुत सी हुई ना
बाहरी कवच तो आवश्यक है
तभी तो परिपक्वता हुई,

पांव तो धरती पर ही रहे सदैव
मन है कि आकाश ओढ़ता है
बयारों से बात करते हो, परन्तु
अपने ही व्यक्तित्व को समझने
में त्रुटियां हुईं,

टटोल लिया करो कभी अपने
मन को भी,
यह मन चंचल अश्वों की तरह
क्यों छोड़ देते हो,
इस पर लगाम लगाने की परंपरा
आवश्यक हुई,

व्यर्थ ना जाने पाये, तुम्हारा कर्म
धर्म, और यह अनमोल जीवन
कहलाओगे एक अदम्य साहसी
योद्धा तभी जीतोगे इस जग को
जैसे ही यह प्रण प्रार्थना पूरी हुई।

वो अनमोल घड़ी

छोड़ आई, तेरे घर अपने
खेल–खिलौने, बचपन
आंगन में वो सब बातें,

बांधी चुनरी जिनके संग
चुपचाप चली आई
ले जिम्मेदारी की सौगातें,

कहते रहते थे, सब गुड़िया
मुझको, लगती थी, मैं छोटी
मौज–मस्ती में कटे थे दिन
और कटती रही थी रातें,

देखो बाबुल आज चली मैं
होकर कैसे पराई
माँ से कहना अब समझूँगी
उनकी सारी बातें

अपनी लाड़ो की आशीष देकर
कर दो आज बिदाई
अब ले चली बाबुल मैं तो
तेरे अंगना से
भूली –बिसरी यादें

कब, क्यों ?

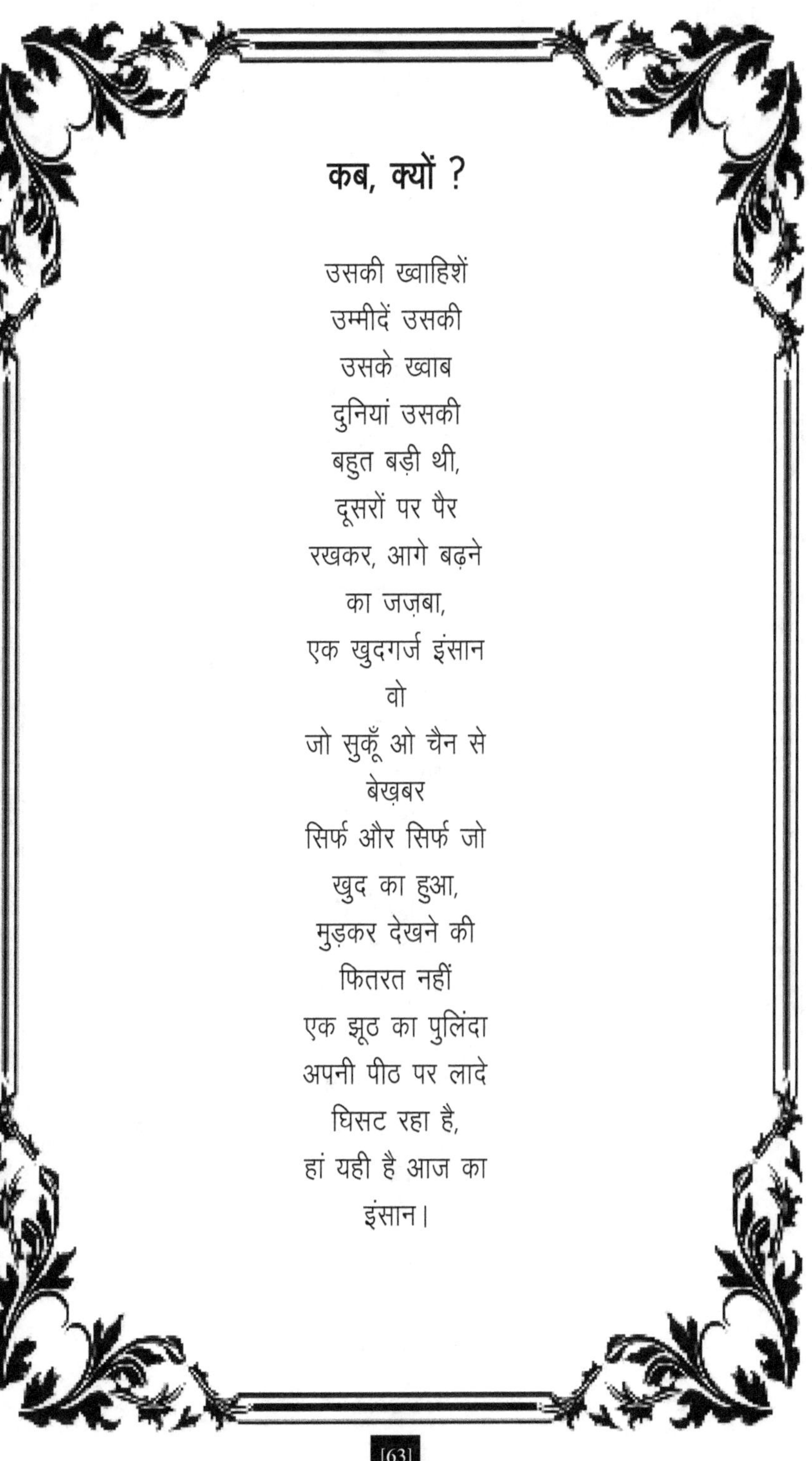

उसकी ख्वाहिशें
उम्मीदें उसकी
उसके ख्वाब
दुनियां उसकी
बहुत बड़ी थी,
दूसरों पर पैर
रखकर, आगे बढ़ने
का जज़बा,
एक खुदगर्ज इंसान
वो
जो सुकूँ ओ चैन से
बेख़बर
सिर्फ और सिर्फ जो
खुद का हुआ,
मुड़कर देखने की
फितरत नहीं
एक झूठ का पुलिंदा
अपनी पीठ पर लादे
घिसट रहा है,
हां यही है आज का
इंसान।

तिरंगा

सड़कों से लेकर
हर जगह पर
बिक गया सरेआम मैं,
मुझे सम्मान देने वालों
तुमने ही बेचा
और तुमने ही खरीदा,
आते–जाते
किस से कहूं अपनी
कहानी,
यहाँ कौन है जो सुनेगा
वो जो कहते रहे, देश का
मान हूँ सम्मान हूँ,
आकाश की ऊंचाइयों
से धरातल तक
जिसकी हस्ती रही थी
वही था मैं,
आज कहीं मिट्टी में सना हुआ
रोता हूँ
चीथड़ों में बंटा हुआ,
अपनी किस्मत पर,
अब तो हर साल
बोली लगती है मेरी
और मैं बिक जाता हूँ
उन अपनों के लिए
जिन्हें लोग बहाने से
कह देते हैं,
बेच लो पापी पेट का सवाल था।

वो लड़का

वो लड़का कैसे ठहर सकता है

कहीं एक जगह और क्यों

ना जाने कब ठहरा होगा किसी एक जगह

ना मालूम, क्यों बेचौन सा

रहता है रात दिन वो

खुद को ढूंढता है या, जिंदगी का कोई

सिरा पकड़ने की कोई नाकाम कोशिश

सी करता हुआ सा

यहाँ वहां.... झांकता सा

एक फीकी सी मुस्कान लिए हुए......उसके चेहरे

पर वो मायूसी सी, जैसे जिम्मेदारियों के

बोझ तले दबी हो, पूछती हूं जब कभी

तो हँसकर टाल देता है, आँखे चुराता हुआ

सा निकल जाता है, जब सामने से वो

तो बड़ा ही भला सा लगता है

पर शातिर बड़ा है.......कहीं तमाशा ना बन

जाए जिंदगी उसकी छुपा लेता है हर बार

अपनी परेशानियों को सबसे

दिन में शिकन तक नही होती है चेहरे पर

उसके

मगर रात में सिसकियों में दर्द बहा लेता है

बातों ही बातों में उम्मीद जगाता है

और खुद ही नाउम्मीदी की चादर ओढ़

सो जाता है।

ना जाने फिर कब

बहुत साल पहले बिछुड़े
जब बहुत प्यारे–न्यारे, दुलारे
चटखारे से साथी
मिलते हैं, कई साल बाद दोबारा
उसे पुनर्जन्म ही मानों
बचपने का, उस अल्हड़ सी
जवानी का,
और अहसान मानो उस कीमती
वक़्त का, जो आया मिलाने तुम्हें
लगता है सदमा सा, आश्चर्य सा
वो दोस्त पहचान कर भी अंजान से
लगते है,
अरे !तू कितना बदल गया,
जैसे हम वही हो
नहीं यार, तू ही बदला सा है, मैं वैसा
ही हूँ
जबकि पता दोनों को होता है,
हालात बदल गए हैं,
अब वो मुस्कान, वो शरारतें वो
अल्हड़पन, वो प्यार कभी नहीं
पनपेगा,
नहीं आएगी चेहरों पर वो निश्छल
हँसी,
जिसे अपनी अपनी जिम्मेदारियों तले

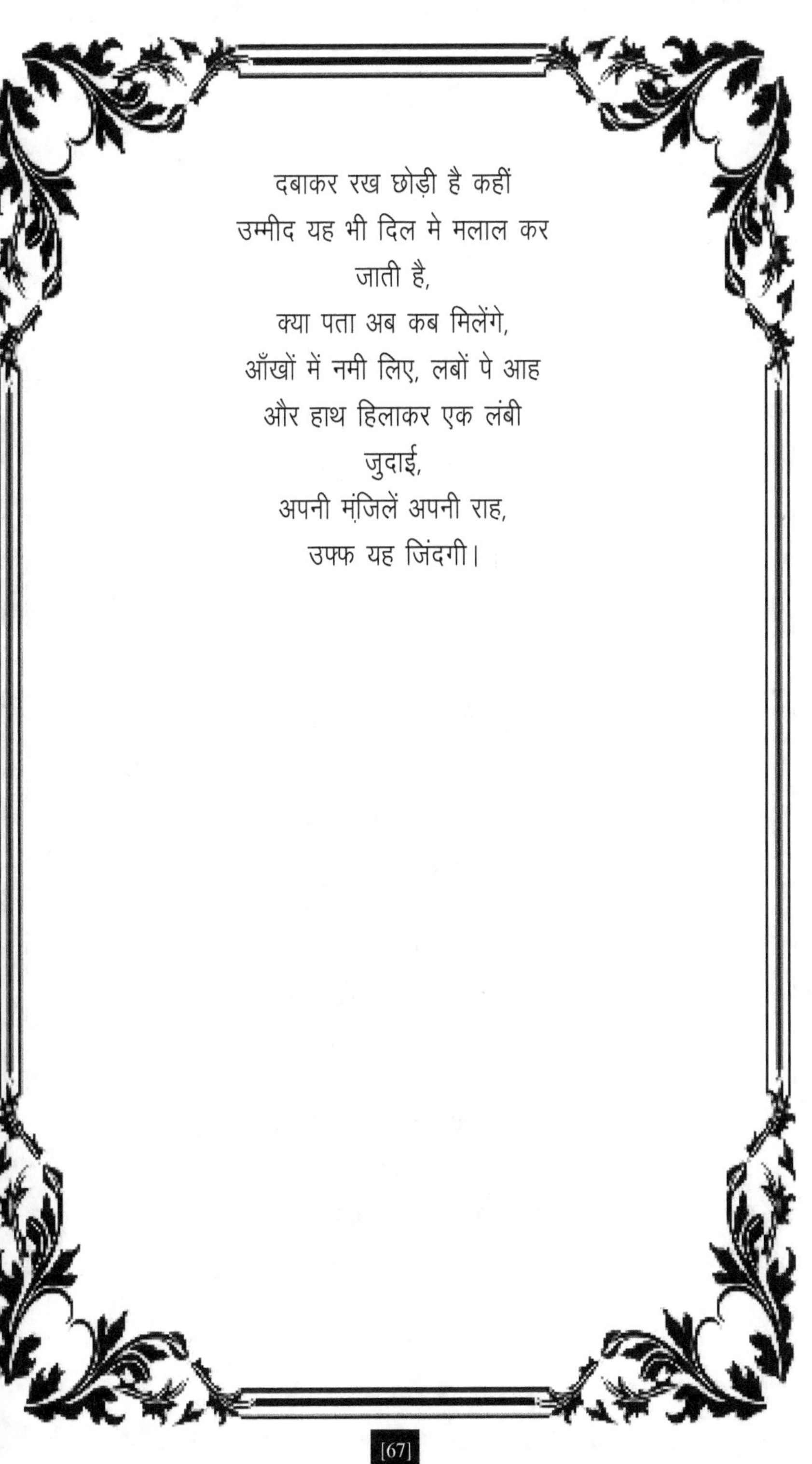

दबाकर रख छोड़ी है कहीं
उम्मीद यह भी दिल मे मलाल कर
जाती है,
क्या पता अब कब मिलेंगे,
आँखों में नमी लिए, लबों पे आह
और हाथ हिलाकर एक लंबी
जुदाई,
अपनी मंज़िलें अपनी राह,
उफ्फ यह जिंदगी।

जिंदादिली

मुस्कुराते हुए मैं
उन लम्हों को जी गई
जो मुश्किल थे,
मगर न जाने क्यों जहर
पी लिया मैंने
दवा जानकार
वो अहसास वो सबके
लिए जीना,
फिर भी खिलखिलाकर
हँसना
वो सब कुछ क्यों जरूरी
सा हुआ था,
ये थे शायद !! मेरे अपने
पर कुछ सपने बलि चढ़ गए,
वक़्त के साथ कुछ हालात
के साथ खा गए मात
ये शह और मात का खेल
खेलती रही किस्मत मेरी
न समझना चाहा किसी ने
मुझे और न मैं ही समझी, पर
जीवन जीती रही,
हर बाजी मैंने बड़ी सफाई से
जीती,
हार जाती तो गले लगाता कौन
माथा चूमकर मुझे सुलाता कौन
आज जो भी हूँ, जैसी भी हूँ
खुद में विजेता हूँ।

सड़क

सड़क हमारी जिंदगी की तरह होती है
यह भी कब कहाँ, मुड़ जाए कोई ख़बर
नहीं
इनसे एक सबक और भी मिलता है
भागदौड़ कितनी भी हो, जिंदगी में
कम ही पड़ेगी,
थक जाओगे, जीवन भर दौड़ते हुए
फिर भी एक लालसा मन में उभरती
रहेगी,
एक उम्मीद, जीती जागती कि बस
वहाँ तक और दौड़ सकते,
और औरों से आगे निकल जाते,
परन्तु किससे आगे निकलते,
अरे ! इस आगे निकलने की दौड़ में
तो न जाने कितने निकल गए,
और कितने पिछड़ गए,
न जाने कितने दम तोड़ गए,
कितने भटकते रह गए,
यह सड़कें बेहिसाब जुड़ती जाती हैं
न जाने कहाँ तक !
तुम्हें अपनी राहों का पता
और अपनी मंजिल मालूम
हो बस,
अंधाधुंध दौड़ में रखा क्या है।

नारी व्यथा

हां एक
नारी बिकाऊ
है,
कभी प्रेम में,
प्यास में कभी
स्नेह में,
तकरार में, कभी
रंजिश में,
जिम्मेदारियों में
तो कभी
जज्बात में,
अहसास में तो
कभी,
तन्हाइयों में,
कभी वफाओं में
तो बेवफाई में
कभी,
हर रिश्ते में हमेशा
बिकती रही है,
खरीदार अपने भी
हुए तो कभी गैर
के हाथों
मगर बिकी जरूर
सदियों से,

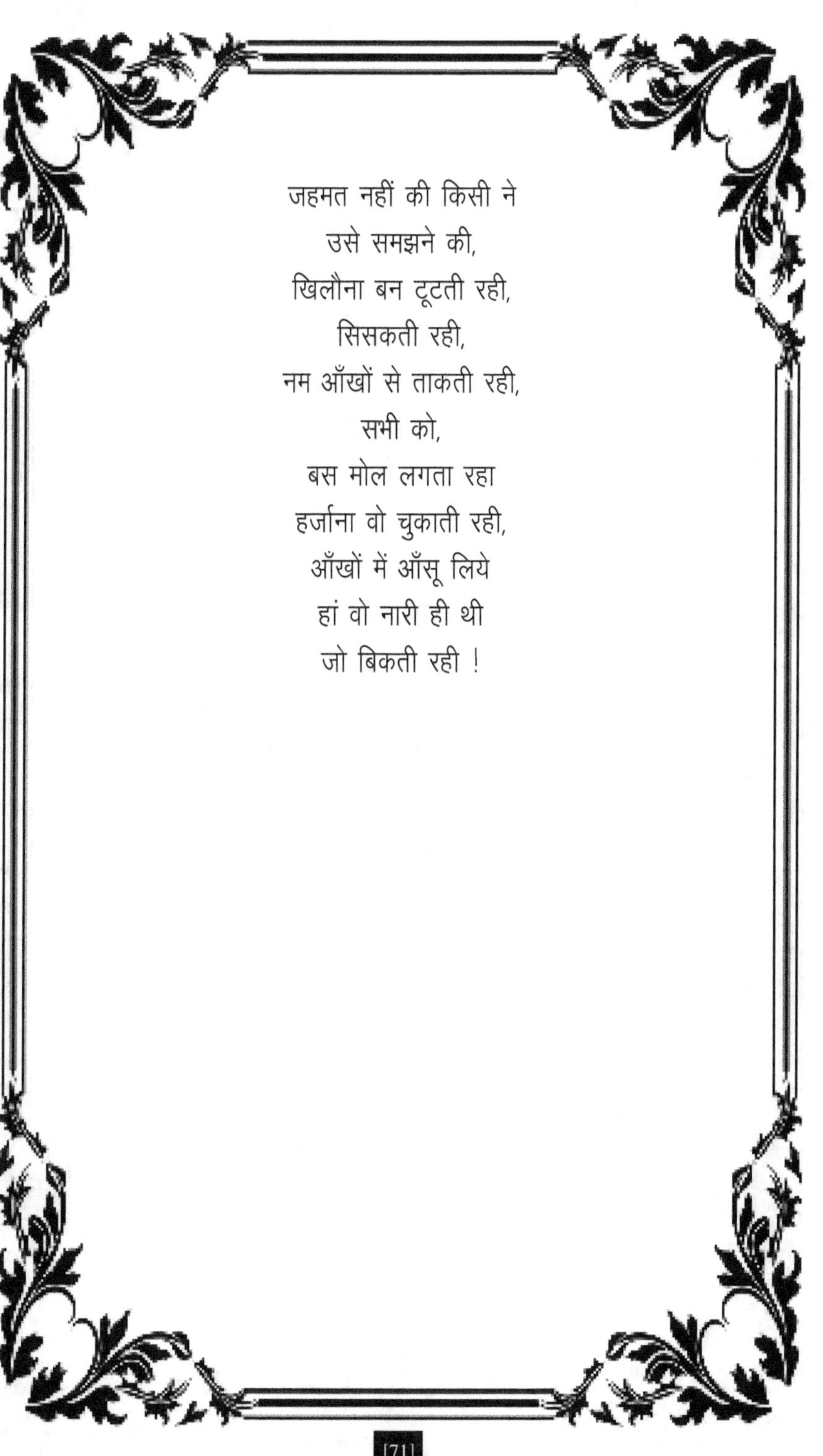

जहमत नहीं की किसी ने
उसे समझने की,
खिलौना बन टूटती रही,
सिसकती रही,
नम आँखों से ताकती रही,
सभी को,
बस मोल लगता रहा
हर्जाना वो चुकाती रही,
आँखों में आँसू लिये
हां वो नारी ही थी
जो बिकती रही !

खामोशियां

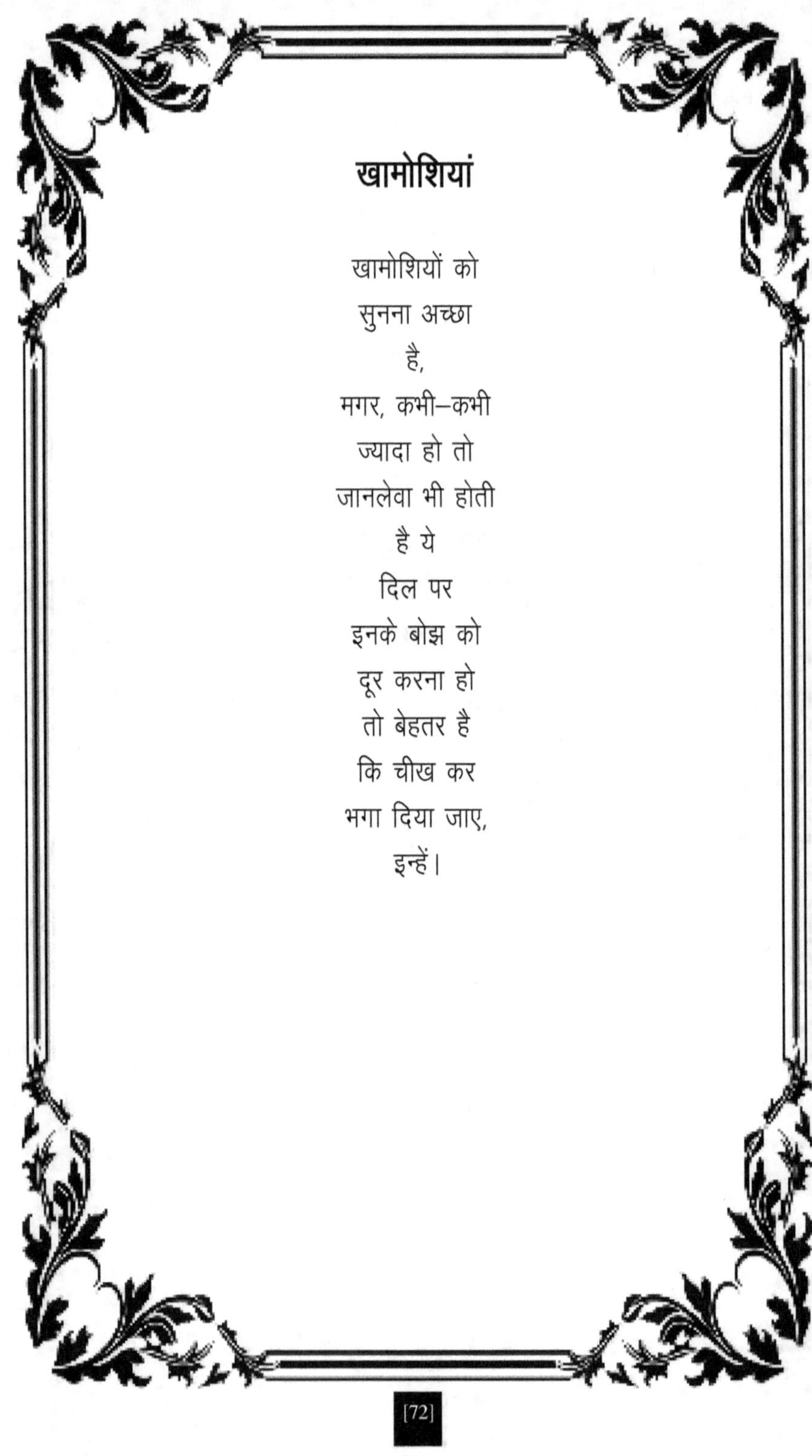

खामोशियों को
सुनना अच्छा
है,
मगर, कभी–कभी
ज्यादा हो तो
जानलेवा भी होती
है ये
दिल पर
इनके बोझ को
दूर करना हो
तो बेहतर है
कि चीख कर
भगा दिया जाए,
इन्हें।

आईना

मेरे आईने ने आज
मुझसे कहा,
कि देख ले
खुद को
तू एक मृगतृष्णा है,
आज है कल की
ख़बर नहीं,

सदा कौन रहा यहां
मैं भी टूट जाऊंगा एक
दिन यहां,
तू भी बिखर जाएगी
फिजाओं में यहीं कहीं,

हकीकत जानकर अपनी
मैं थोड़ा
हैरान सी तो हुई
मगर यकीं था इतना
आज इतरा गई इतना
कि कल को भूल
सा गई,
गलत को मान बैठी अपना
पहचान तो खुद से
आज हुई सही ।

रे सांवरे

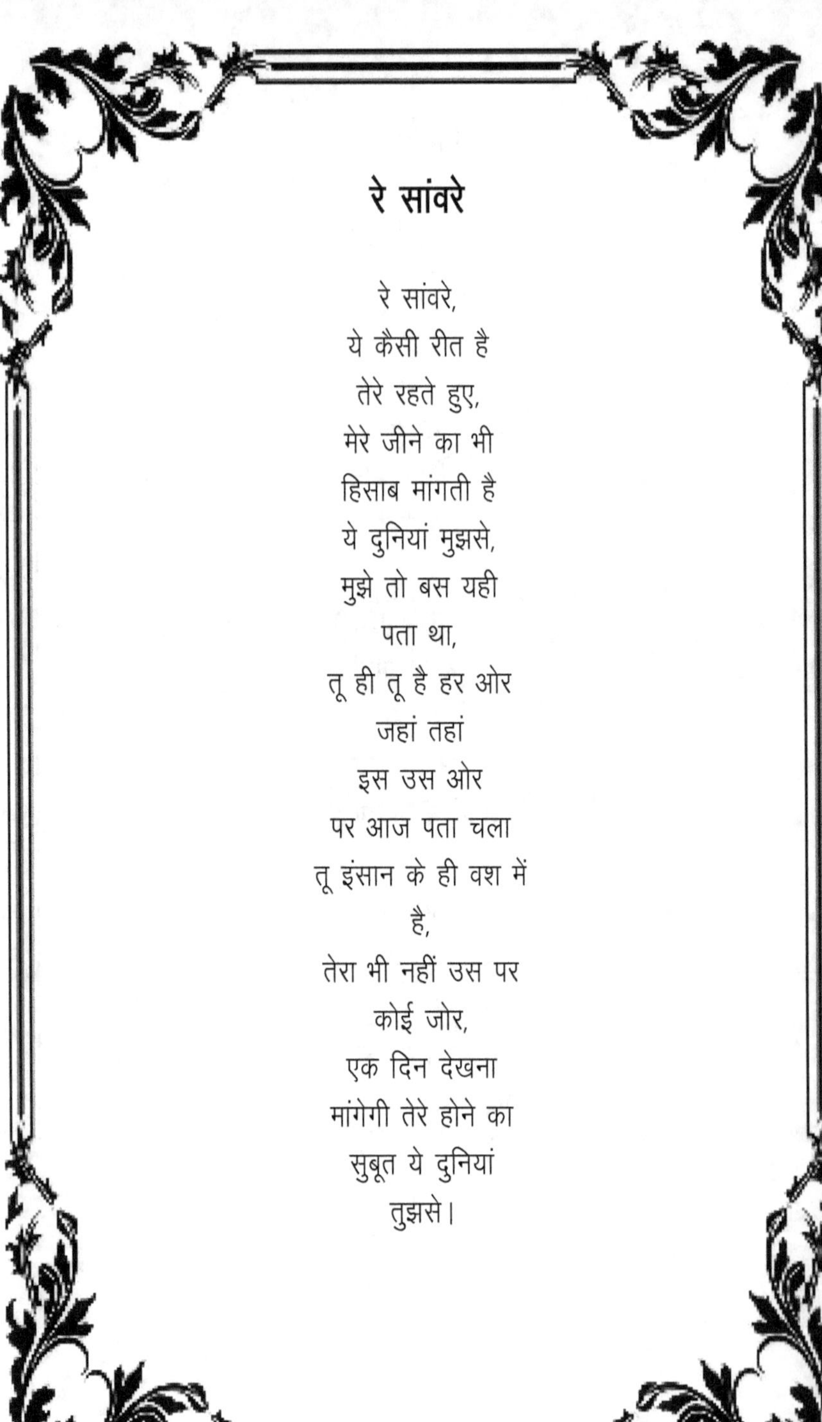

रे सांवरे,
ये कैसी रीत है
तेरे रहते हुए,
मेरे जीने का भी
हिसाब मांगती है
ये दुनियां मुझसे,
मुझे तो बस यही
पता था,
तू ही तू है हर ओर
जहां तहां
इस उस ओर
पर आज पता चला
तू इंसान के ही वश में
है,
तेरा भी नहीं उस पर
कोई जोर,
एक दिन देखना
मांगेगी तेरे होने का
सुबूत ये दुनियां
तुझसे।

खैर ख़बर की

छोड़िए यहाँ,
आजकल तो
पत्थरों की तकदीर
में भी
पानी छोड़
खून चखना लिखा है
यहाँ,
तासीर बदलते देर
नहीं लगती
किसी की यहाँ।

एक दर्द

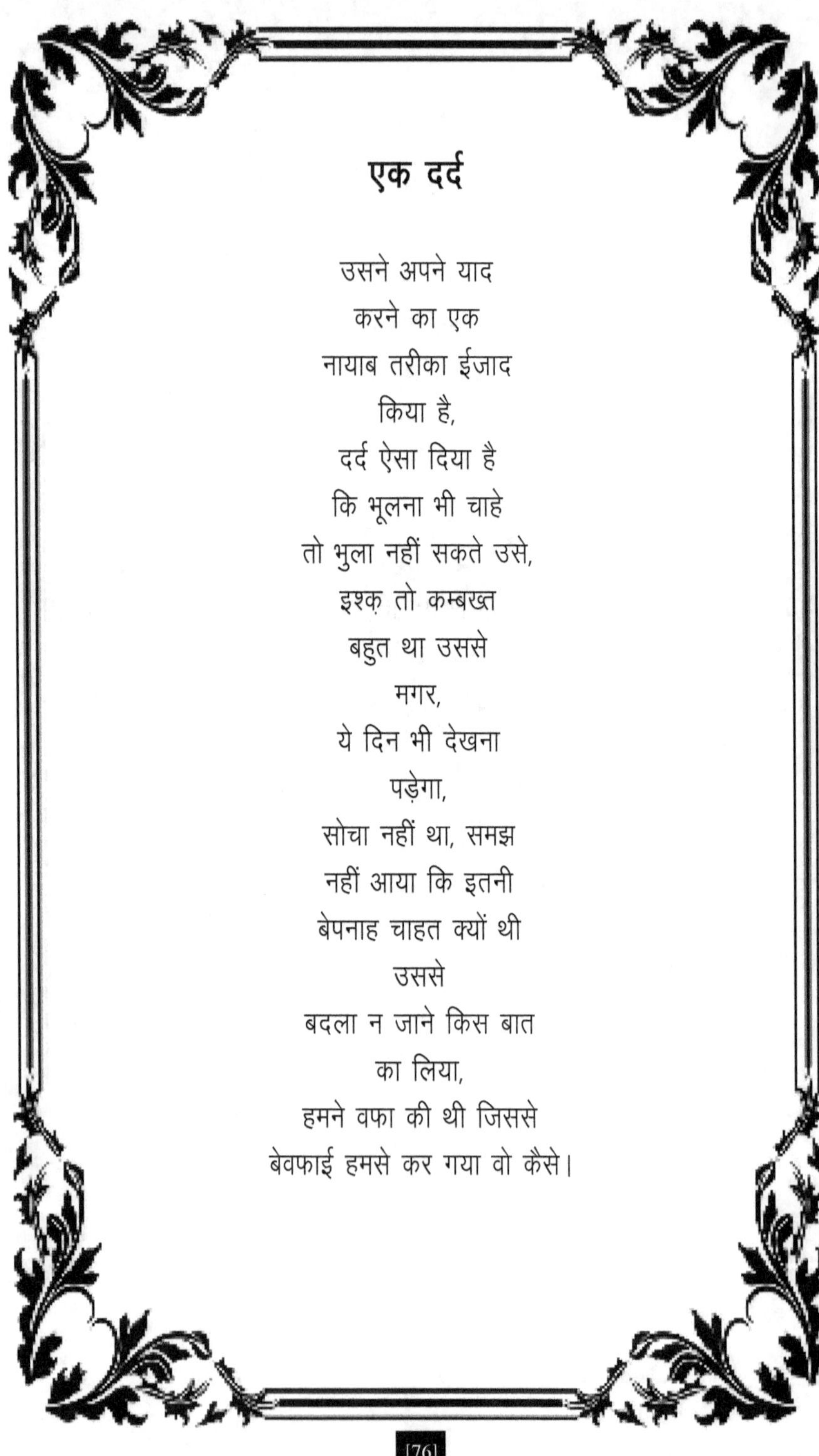

उसने अपने याद
करने का एक
नायाब तरीका ईजाद
किया है,
दर्द ऐसा दिया है
कि भूलना भी चाहे
तो भुला नहीं सकते उसे,
इश्क़ तो कम्बख्त
बहुत था उससे
मगर,
ये दिन भी देखना
पड़ेगा,
सोचा नहीं था, समझ
नहीं आया कि इतनी
बेपनाह चाहत क्यों थी
उससे
बदला न जाने किस बात
का लिया,
हमने वफा की थी जिससे
बेवफाई हमसे कर गया वो कैसे।

दायरे

दायरों की बात तब
समझाई उसने हमें
जब हम दायरों से
बाहर आ गए।
यही होना था सो
हुआ कि
दुनिया की नज़र में
हम बहुत बड़े
गुनहगार हो गए।

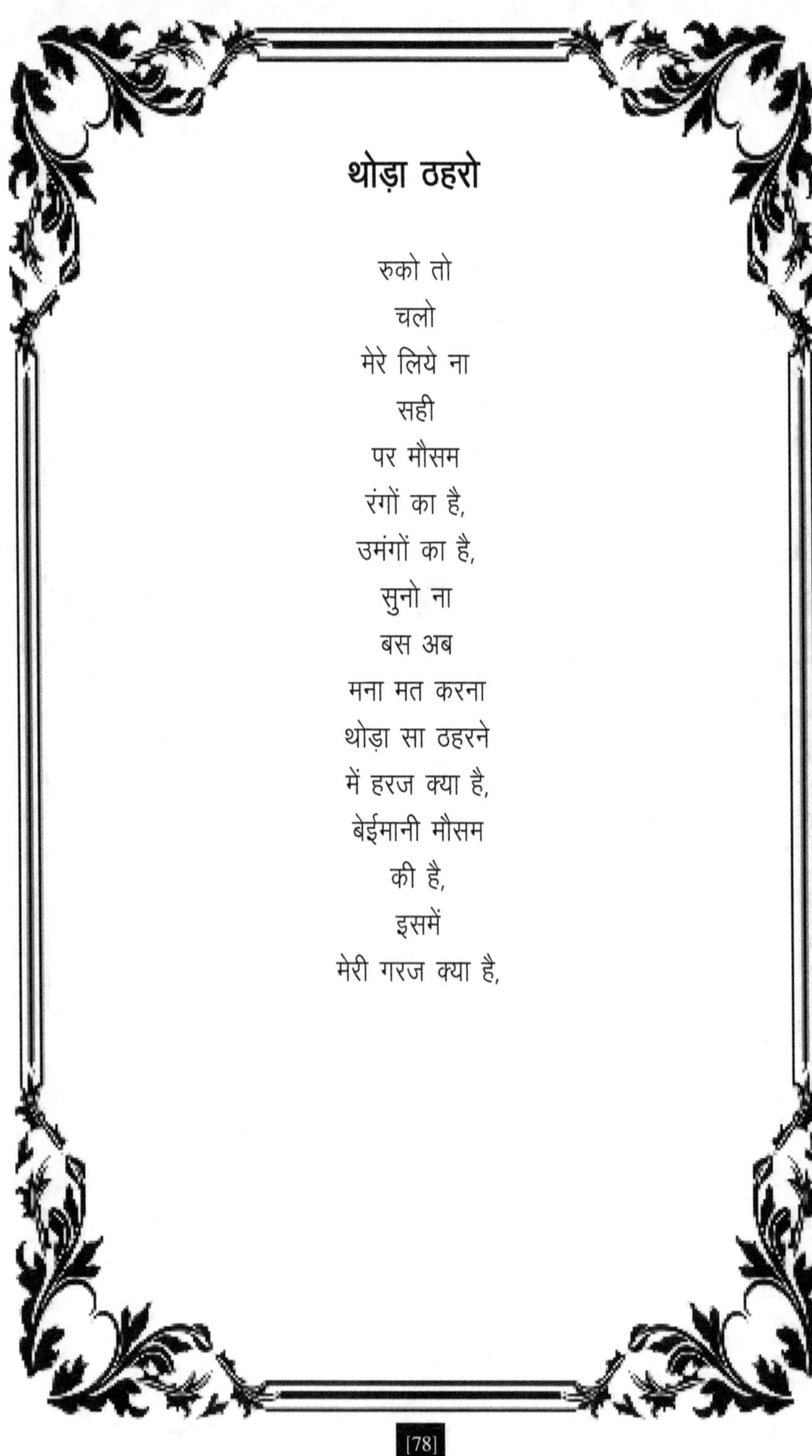

थोड़ा ठहरो

रुको तो
चलो
मेरे लिये ना
सही
पर मौसम
रंगों का है,
उमंगों का है,
सुनो ना
बस अब
मना मत करना
थोड़ा सा ठहरने
में हरज क्या है,
बेईमानी मौसम
की है,
इसमें
मेरी गरज क्या है,

होली आई रे

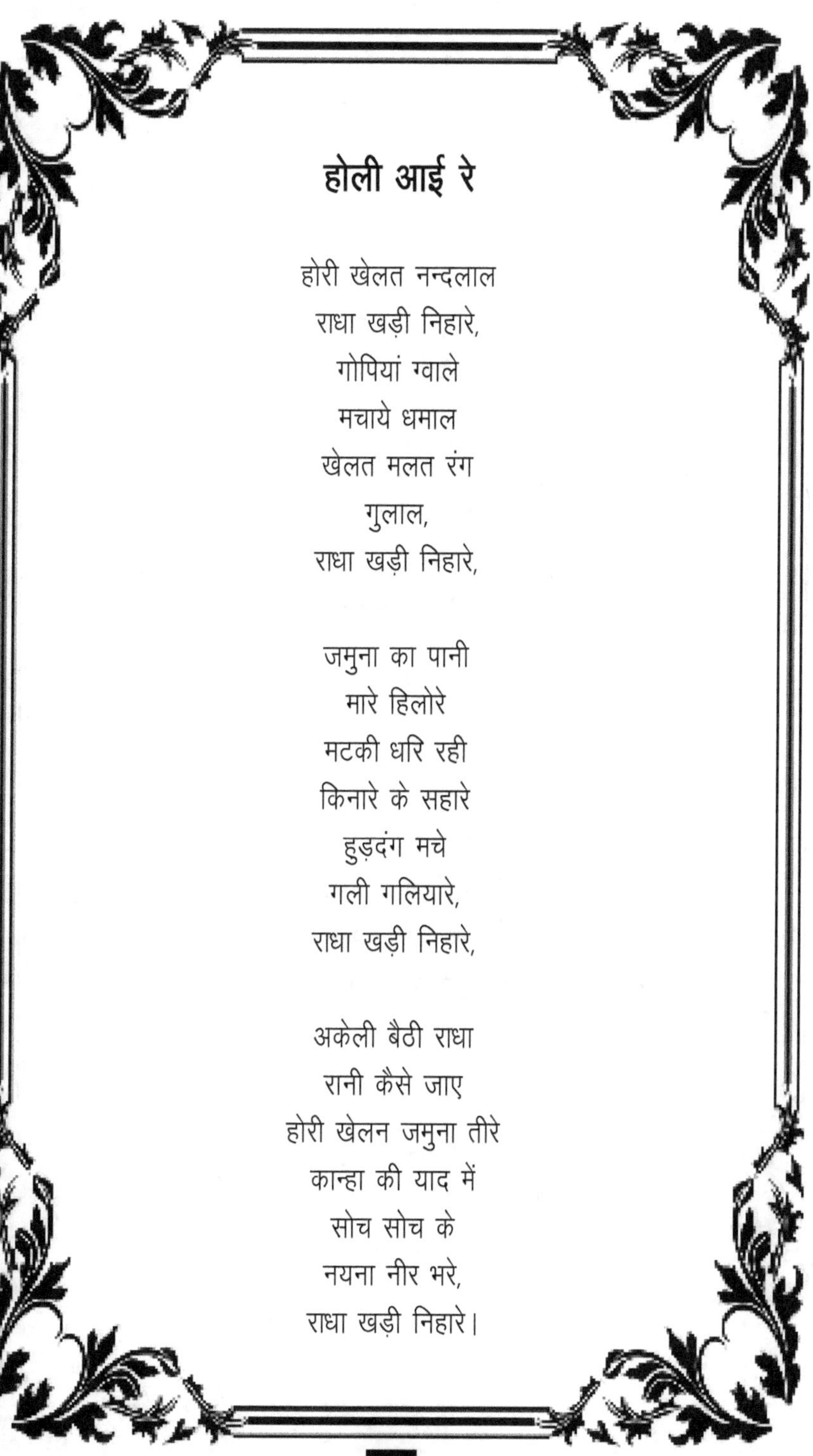

होरी खेलत नन्दलाल
राधा खड़ी निहारे,
गोपियां ग्वाले
मचाये धमाल
खेलत मलत रंग
गुलाल,
राधा खड़ी निहारे,

जमुना का पानी
मारे हिलोरे
मटकी धरि रही
किनारे के सहारे
हुड़दंग मचे
गली गलियारे,
राधा खड़ी निहारे,

अकेली बैठी राधा
रानी कैसे जाए
होरी खेलन जमुना तीरे
कान्हा की याद में
सोच सोच के
नयना नीर भरे,
राधा खड़ी निहारे।

बस यूंही

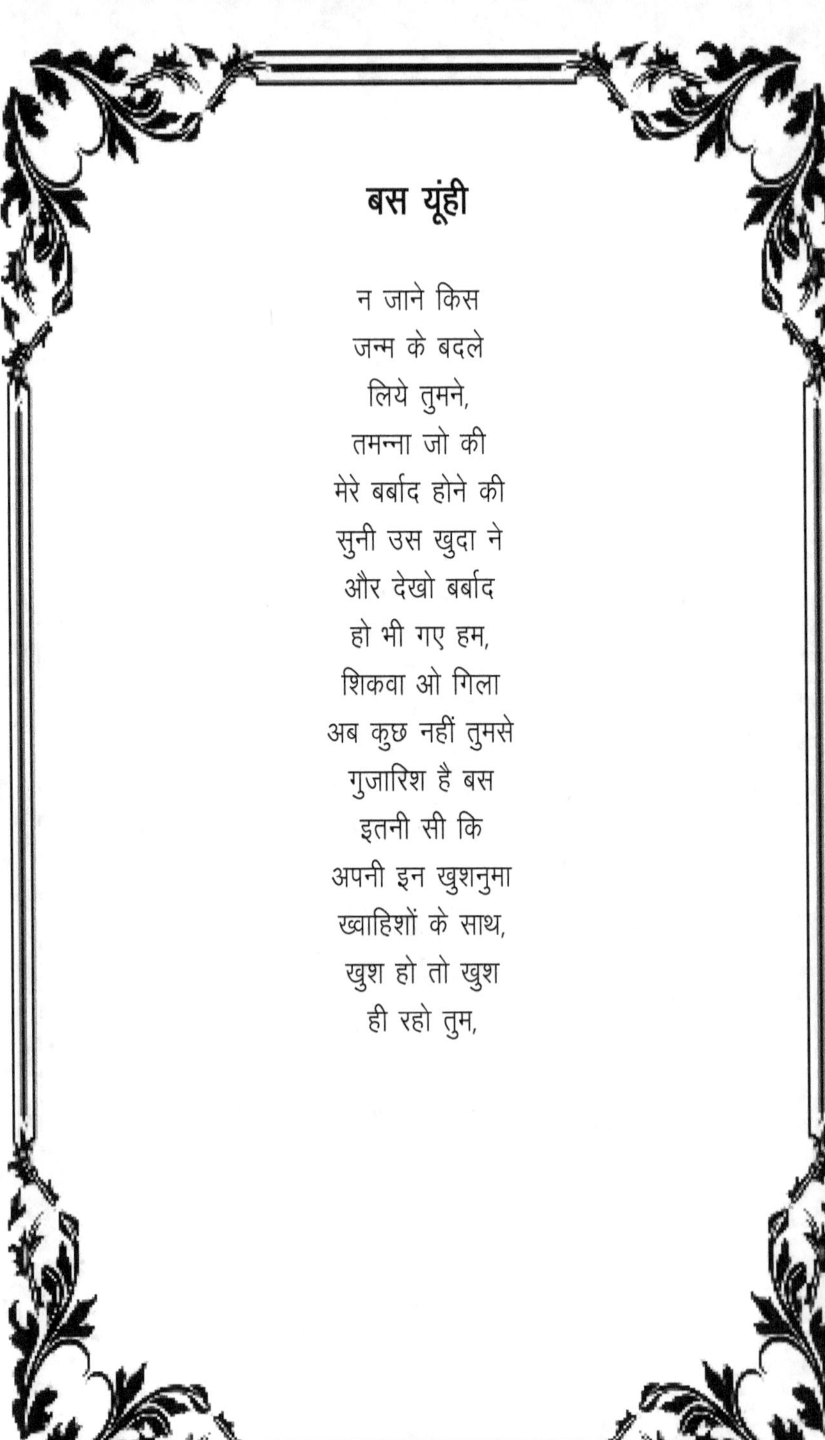

न जाने किस
जन्म के बदले
लिये तुमने,
तमन्ना जो की
मेरे बर्बाद होने की
सुनी उस खुदा ने
और देखो बर्बाद
हो भी गए हम,
शिकवा ओ गिला
अब कुछ नहीं तुमसे
गुजारिश है बस
इतनी सी कि
अपनी इन खुशनुमा
ख्वाहिशों के साथ,
खुश हो तो खुश
ही रहो तुम,

खरे तुम नहीं

उम्मीदों पर
खरा उतरना
हर किसी को
नहीं आता है,
वो तो अलग
ही दुनियां के
लोग होते हैं,
जो उम्मीद पर
खरे उतरते हैं।

ख़्याल तुम्हारा

यूँही बार–बार
दस्तक ना दिया
करो
दर पर मेरे
क्योंकि
नज़र के
साथ साथ
घर में सवाल
बहुत उठते हैं,
तुम्हें परवाह
नहीं है मेरी
मगर मुझे बड़ा
ख़्याल है तुम्हारा
रिश्ता जो तुमसे
है मेरा,
ऐसे रिश्ते हर किसी
से कहाँ जुड़ते हैं।

बिछुड़न

तुम्हारे और
मेरे रिश्ते को
लेकर मैं,
उहापोह में हूं
किस जन्म के
बिछुड़े थे और फिर
कहाँ आकर मिले,

उन ज़ख्मो में
क्या कुछ कमी रह
गई होगी जो
अब फिर से जुदाई
के ताजे ज़ख्म
और मिले।

नज़रें

जब नज़र से
वो नज़र मिली थी
हुआ क्या था,
कुछ भी नहीं, बस
मिली और ठहर सी गई,
पर क्या जान लिया था,
कि वो किस किस से
मिलकर आई है।

उसने आजतलक किसके
सपने देखे थे,
वो जागी हुई सी नज़रें
खुद से नज़र चुराती हुई
सी नज़रें,
नीची सी नज़रें, वो गुनहगार
सी नज़रें,
कुछ नम सी और कुछ
गमगीन सी नज़रें,
कहीं कुछ खाली सी
तो कहीं, भरी सी नज़रें
नहीं बता पाएंगी, वो
शायद !
कुछ भी, क्योंकि वो नज़र
बस फिसली थी,

महज एक जिस्म पर,
जिस्मानी थी वो नज़रें
रूहानी नहीं थी वो नज़रें,
न जाने कितनों से मिलकर
मुझ तक पहुँची थी
वो नज़रें
तुम्हारी वो गिरी हुई नज़रें।

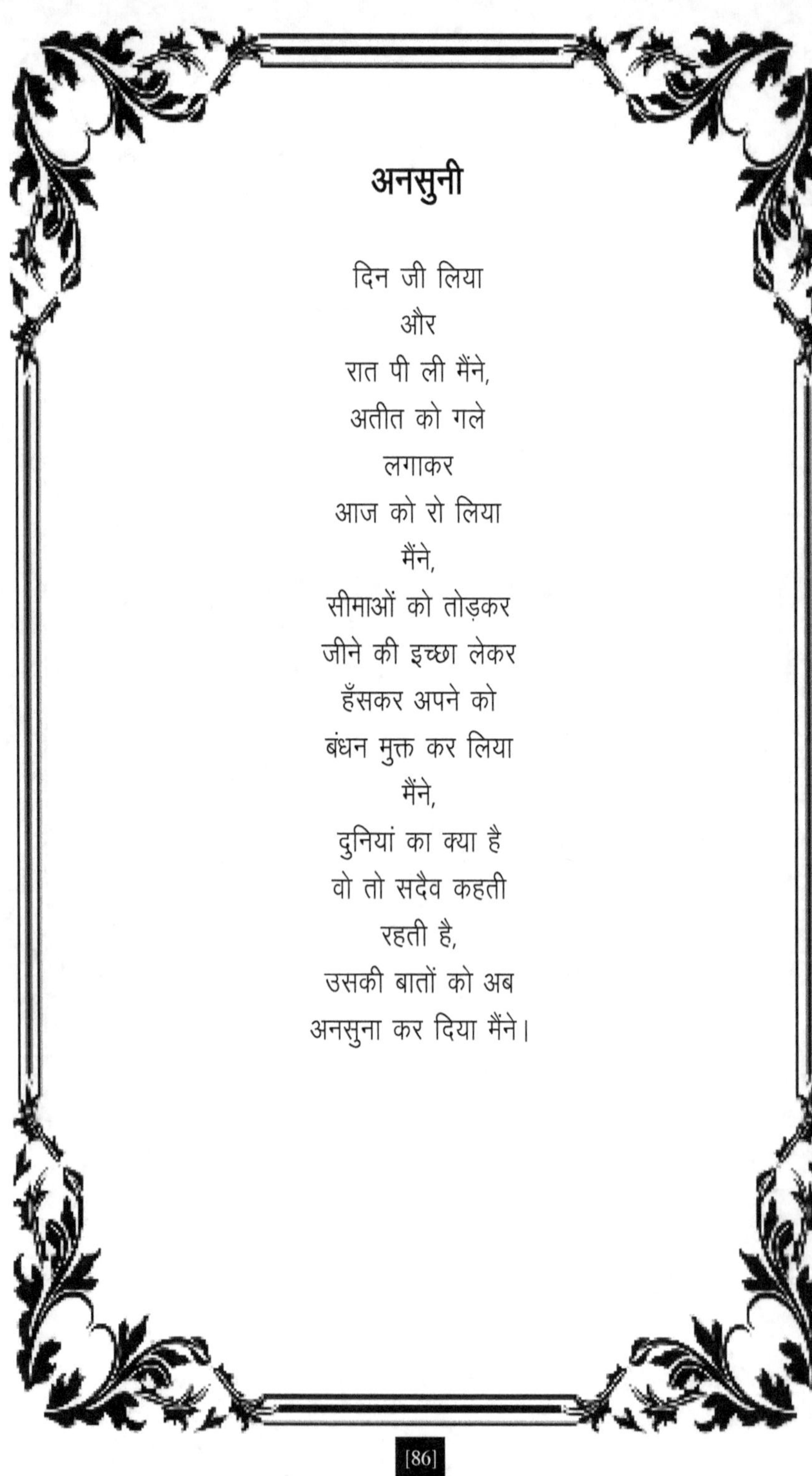

अनसुनी

दिन जी लिया
और
रात पी ली मैंने,
अतीत को गले
लगाकर
आज को रो लिया
मैंने,
सीमाओं को तोड़कर
जीने की इच्छा लेकर
हँसकर अपने को
बंधन मुक्त कर लिया
मैंने,
दुनियां का क्या है
वो तो सदैव कहती
रहती है,
उसकी बातों को अब
अनसुना कर दिया मैंने।

बूंद भर

इश्क़ भी
मेरा परछाई
सा
जो संग संग
चले
मेरी मुस्कान
में ही खिले
बस
बूंद भर 'इश्क़'

अंतर्मन

पतझड़ की आहट
हुई
बसंत आया भी और
चला भी गया
फाल्गुन आया
रंग पर रंग चढ़े
बहारें खिल उठी
मन उदास हुआ
नैन भरे भरे
किसी की प्रतीक्षा में
जो दुःख हर सके
मेरे प्रेम की
आमदनी
इतनी नहीं थी
जो सारा 'कर' भर
सके।

इश्क़

इश्क़ की कोई
उम्र नहीं होती
ऐसा लोग कहते हैं,
क्यों कहते हैं,
शायद!
गलत सोच रही है
उनकी,
तभी तो दस साल
की बच्ची को,
समाज बियाह देता है
पचास साल के व्यक्ति से
ये क्या मेल हुआ।

चांद और चिराग

चांद और चिराग
में कुछ तो फर्क
होगा ही,
चांद पर नज़र
सबकी....और
दागदार भी
केवल एक सफर
कुछ घटता सा
कभी बढ़ता सा
किसी की आहों में
किसी के गम में
तरसता सा,
बहुत के किस्से जुड़
जाते हैं महज
रातभर में
और एक चिराग है
जलता है,
शांत क्लांत सा
किसी के घर में
कहीं कोने में
आहिस्ता आहिस्ता
न जाने कितने
समय के लिये उसे
पता नहीं.... कब तलक

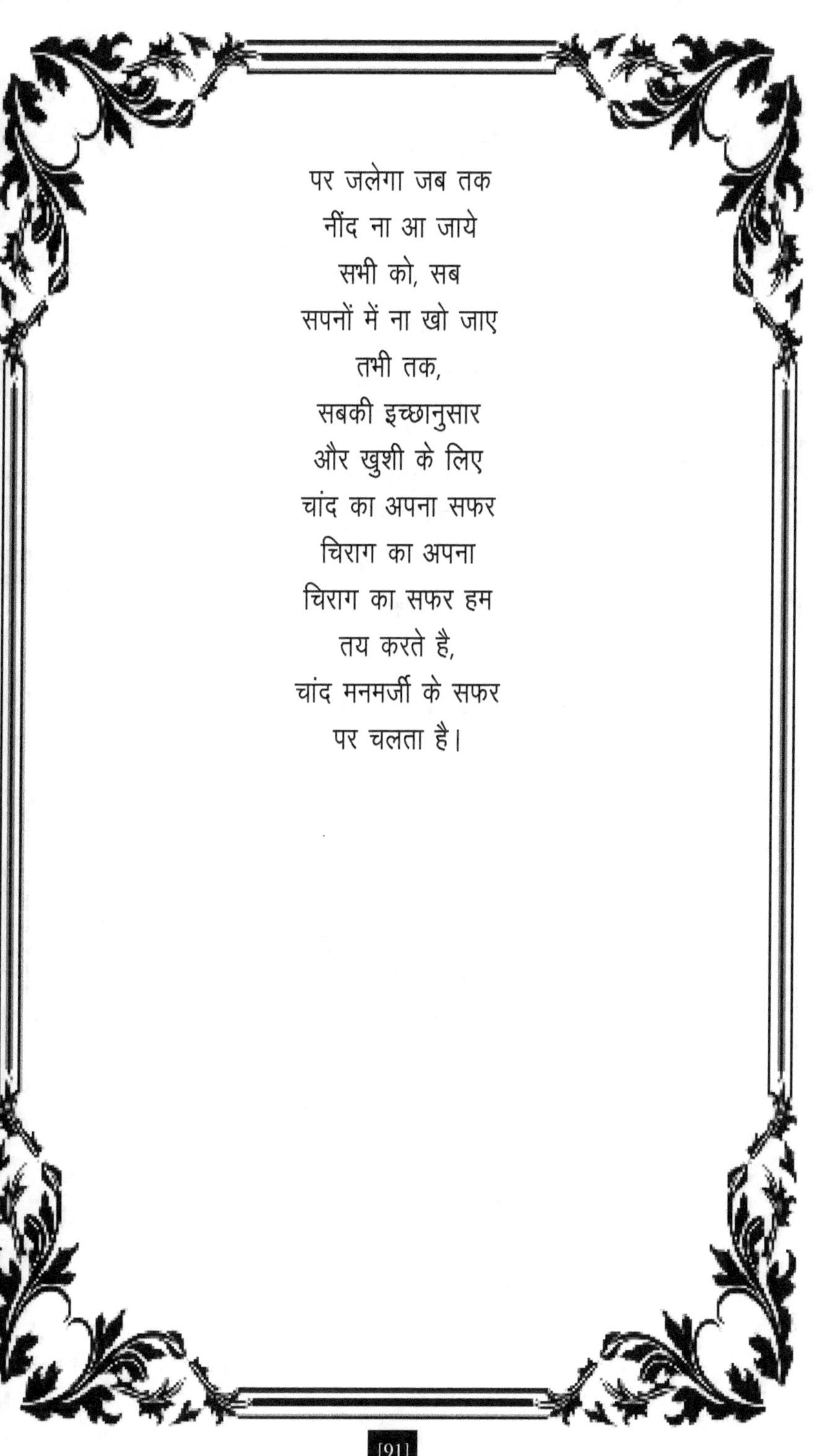

पर जलेगा जब तक
नींद ना आ जाये
सभी को, सब
सपनों में ना खो जाए
तभी तक,
सबकी इच्छानुसार
और खुशी के लिए
चांद का अपना सफर
चिराग का अपना
चिराग का सफर हम
तय करते है,
चांद मनमर्जी के सफर
पर चलता है।

लड़कियां घर से

भागकर जाती कहां हैं......बस
फना हो जाती हैं,
उस यकीन के लिए
जिसे सरताज बनाया था,
थक जाती हैं,
जिंदगी से,
उतर जाती हैं
लोगों की निगाहों से
हवस के बीच
रात दिन खपती हैं,
टूट जाते हैं, अरमाँ
बिखर जाती हैं, चूड़ियां
बह जाती है, मेहंदी
चंद दिनों में, तानों
की कसाकसी में
लुट जाती है आबरू
छिन जाते हैं, ख्वाब
आँखों में लिए नमी
अपनों की खलती कमी
मगर सुनवाई कहीं नहीं,
मिट्टी की ये देह, एक दिन
मिल जाती है, मिट्टी में,
संदेश मिलता है, अपनों को
बस छोटी सी चिट्टी में।

वो आजाद था

दिल से रिश्ता
तोड़कर,
जब वो जाने लगा
तो हमने पूछ ही
लिया उससे,
तुम
खुश तो हो ना,
मगर
वो इस कदर
खुश था, कि
मुड़कर
जवाब देना भी
भूल गया,

उसके चेहरे की
मुस्कुराहट
बता रही थी,
वो आजाद था।

व्याकुल मन

बिल्कुल अकेली थी
मैं
हां सही सुना,
अकेली ही थी मैं,
बिल्कुल
पर मन में जो
सम्बंध यहाँ वहाँ
फुदक रहे थे,
व्याकुलता से
कसक रहे थे,
मचल रहे थे,
उत्सुकता से,
प्रतीक्षा में
प्रसन्नता से,
महक रहे थे,
बिखर रहे थे,
सुदूर जाने को
सागर की उठती लहरों
पर सवार जैसे
कोई नौका में
पहुँच जाना चाहता हो
अपने लक्ष्य पर,
इतनी उथल पुथल
में जब बरबस ही

मुख पर पश्चाताप
मुस्कान, दुःख
आँसू हो तो
कोई अकेला कैसे हो
सकता है,
इतनी भीड़ हो मन में जब,

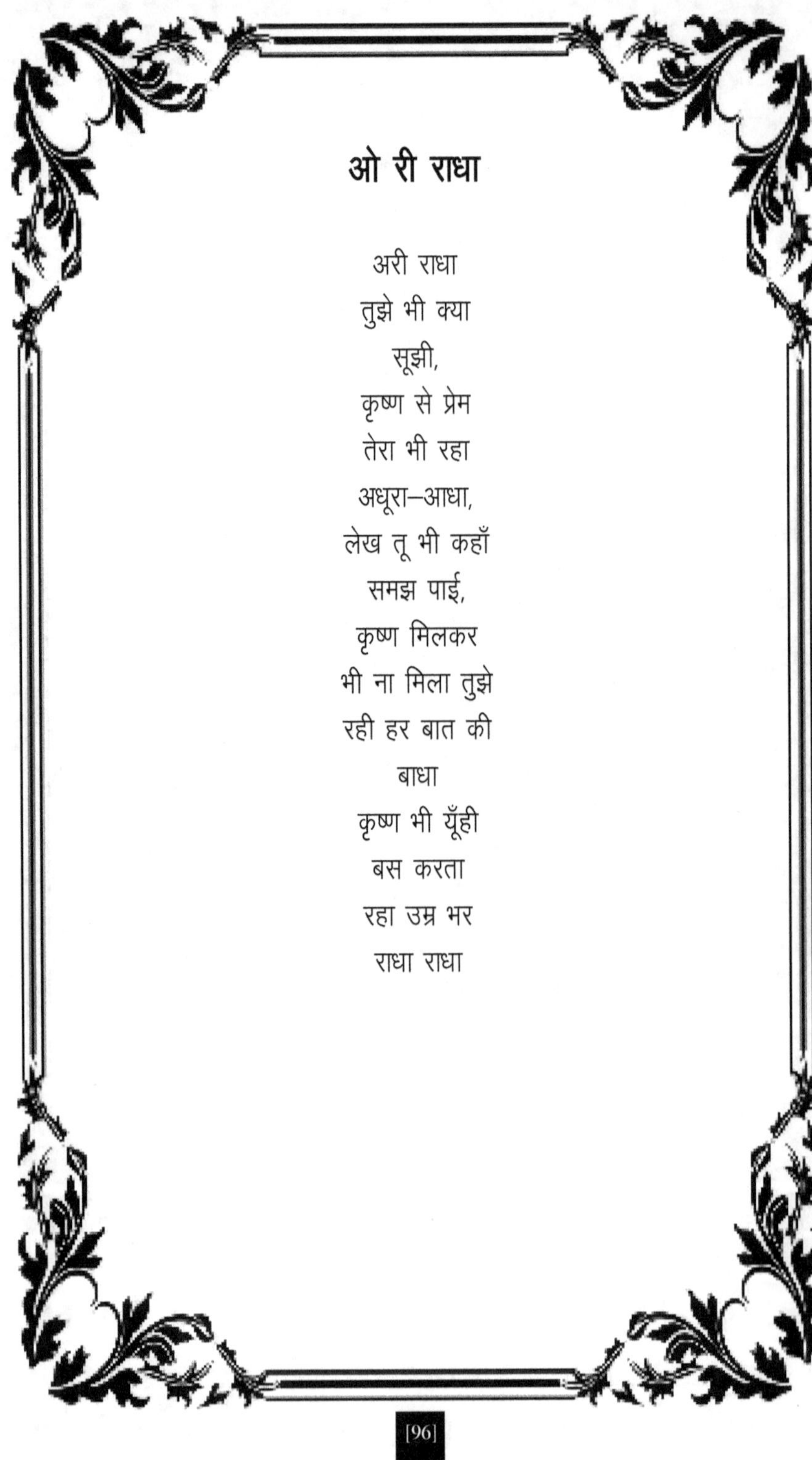

ओ री राधा

अरी राधा
तुझे भी क्या
सूझी,
कृष्ण से प्रेम
तेरा भी रहा
अधूरा–आधा,
लेख तू भी कहाँ
समझ पाई,
कृष्ण मिलकर
भी ना मिला तुझे
रही हर बात की
बाधा
कृष्ण भी यूँही
बस करता
रहा उम्र भर
राधा राधा

बस इतनी सी है आरजू

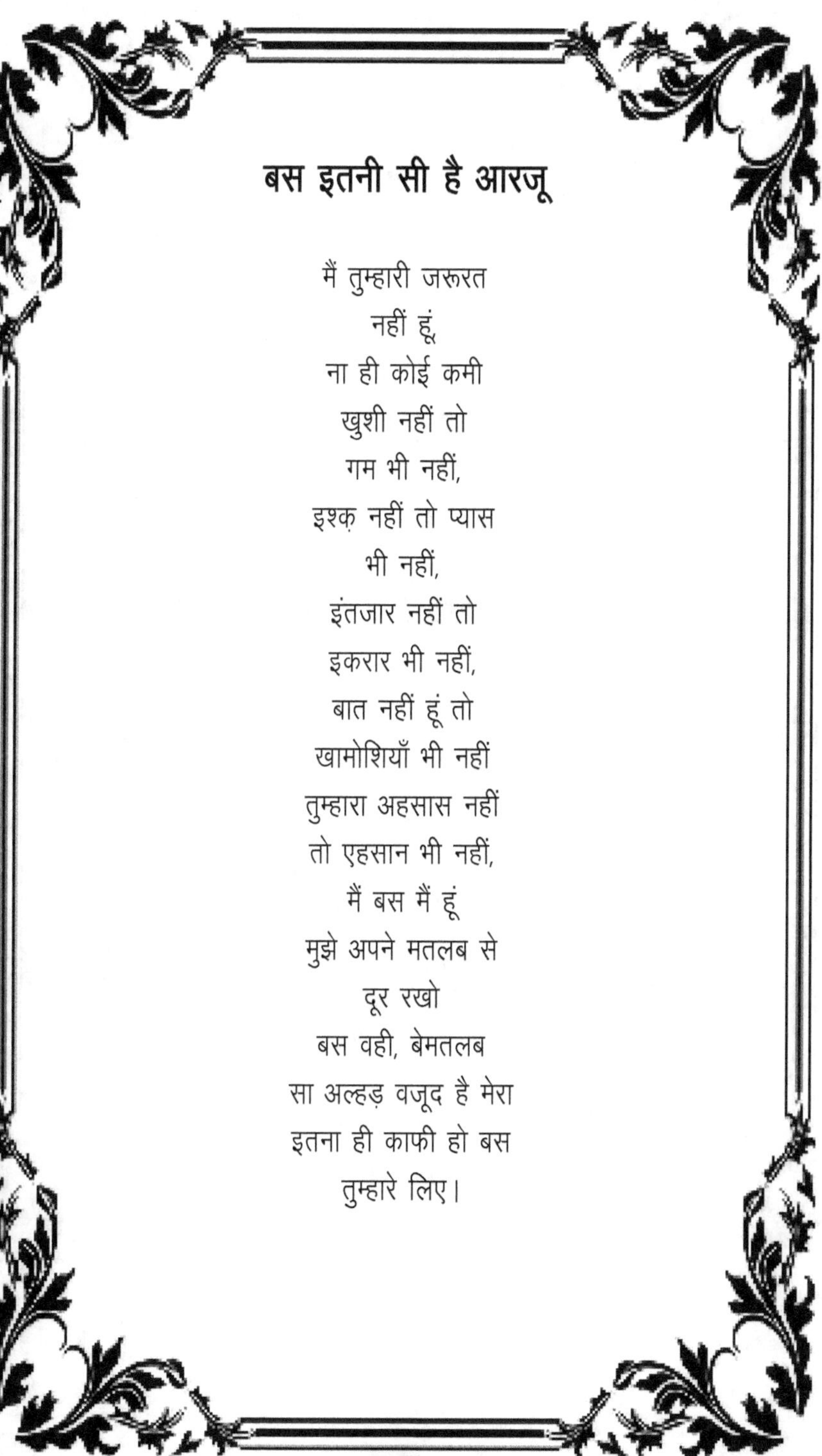

मैं तुम्हारी जरूरत
नहीं हूं,
ना ही कोई कमी
खुशी नहीं तो
गम भी नहीं,
इश्क़ नहीं तो प्यास
भी नहीं,
इंतजार नहीं तो
इकरार भी नहीं,
बात नहीं हूं तो
खामोशियाँ भी नहीं
तुम्हारा अहसास नहीं
तो एहसान भी नहीं,
मैं बस मैं हूं
मुझे अपने मतलब से
दूर रखो
बस वही, बेमतलब
सा अल्हड़ वजूद है मेरा
इतना ही काफी हो बस
तुम्हारे लिए।

मौन

मौन अवश्य हूं मैं
पर शब्द बोल जाते हैं,
जब शब्द बोलते है
तब उन्हें सब तौल
जाते हैं
जाने क्यों इन शब्दों
की चुभन से सबके
मन क्यों खौल
जाते हैं।

एहसास

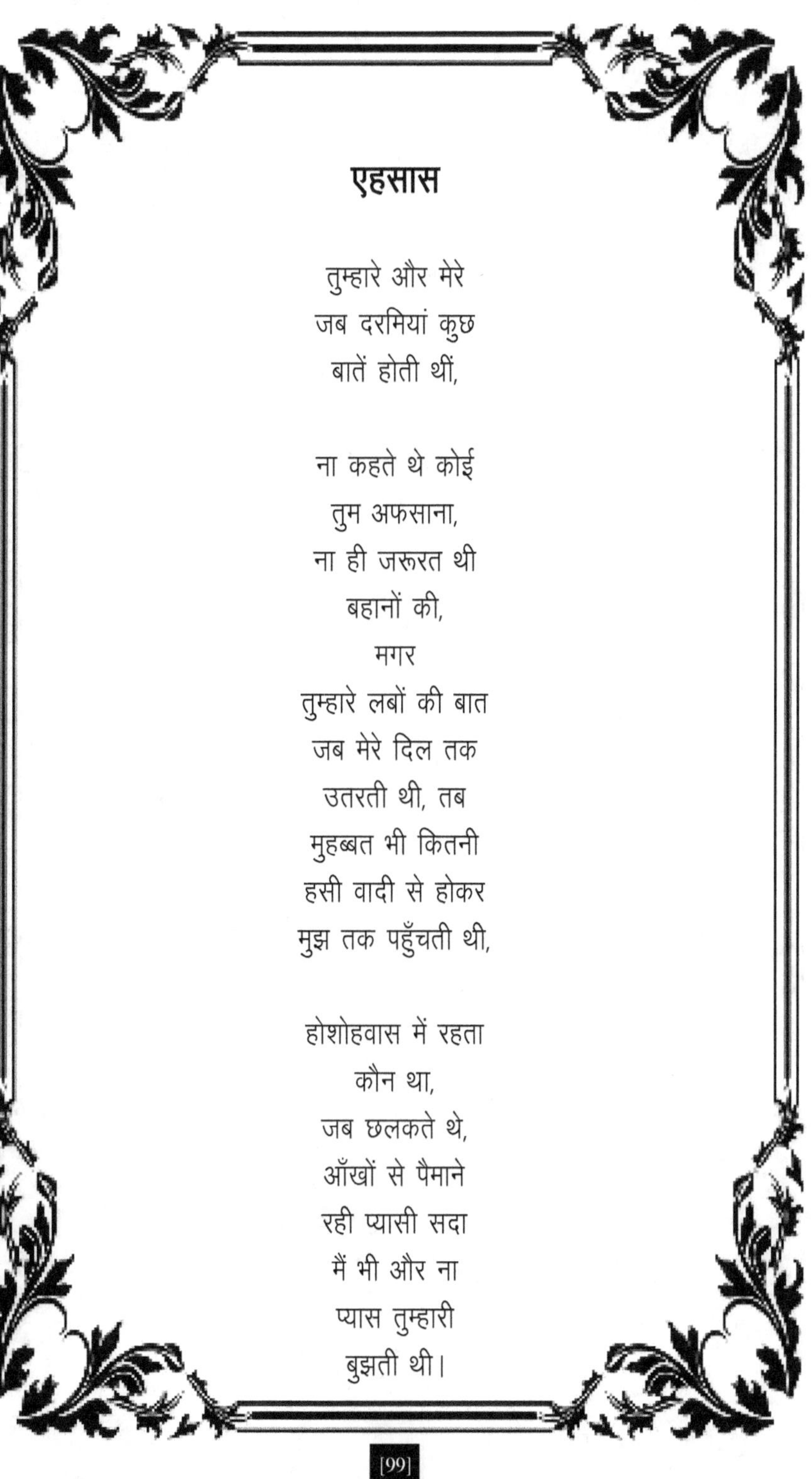

तुम्हारे और मेरे
जब दरमियां कुछ
बातें होती थीं,

ना कहते थे कोई
तुम अफसाना,
ना ही जरूरत थी
बहानों की,
मगर
तुम्हारे लबों की बात
जब मेरे दिल तक
उतरती थी, तब
मुहब्बत भी कितनी
हसीं वादी से होकर
मुझ तक पहुँचती थी,

होशोहवास में रहता
कौन था,
जब छलकते थे,
आँखों से पैमाने
रही प्यासी सदा
मैं भी और ना
प्यास तुम्हारी
बुझती थी।

सब्र

सब्र बहुत गहरा था
मेरा
पर कम ही आंका
तुमने,
जहां भर में
भटकते फिरे तुम,
पर मेरे
मन में नहीं झांका तुमने।

यूँ ही

जिस बाग में
फूल तो हो,
और,
तितलियाँ ना हो तो,
उस बाग का तो
बस खुदा ही
जाने,
और, भवँरों का क्या।

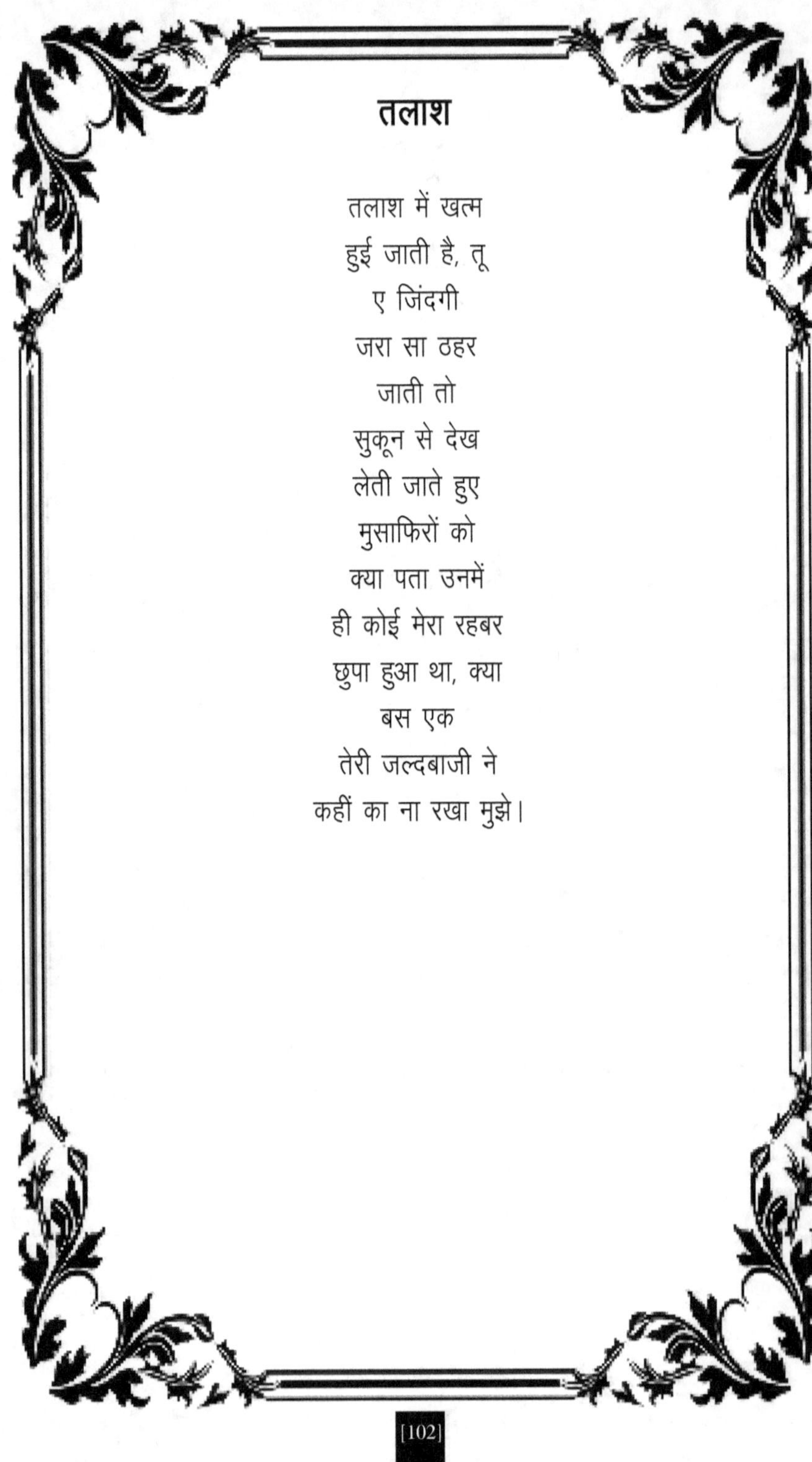

तलाश

तलाश में खत्म
हुई जाती है, तू
ए जिंदगी
जरा सा ठहर
जाती तो
सुकून से देख
लेती जाते हुए
मुसाफिरों को
क्या पता उनमें
ही कोई मेरा रहबर
छुपा हुआ था, क्या
बस एक
तेरी जल्दबाजी ने
कहीं का ना रखा मुझे।

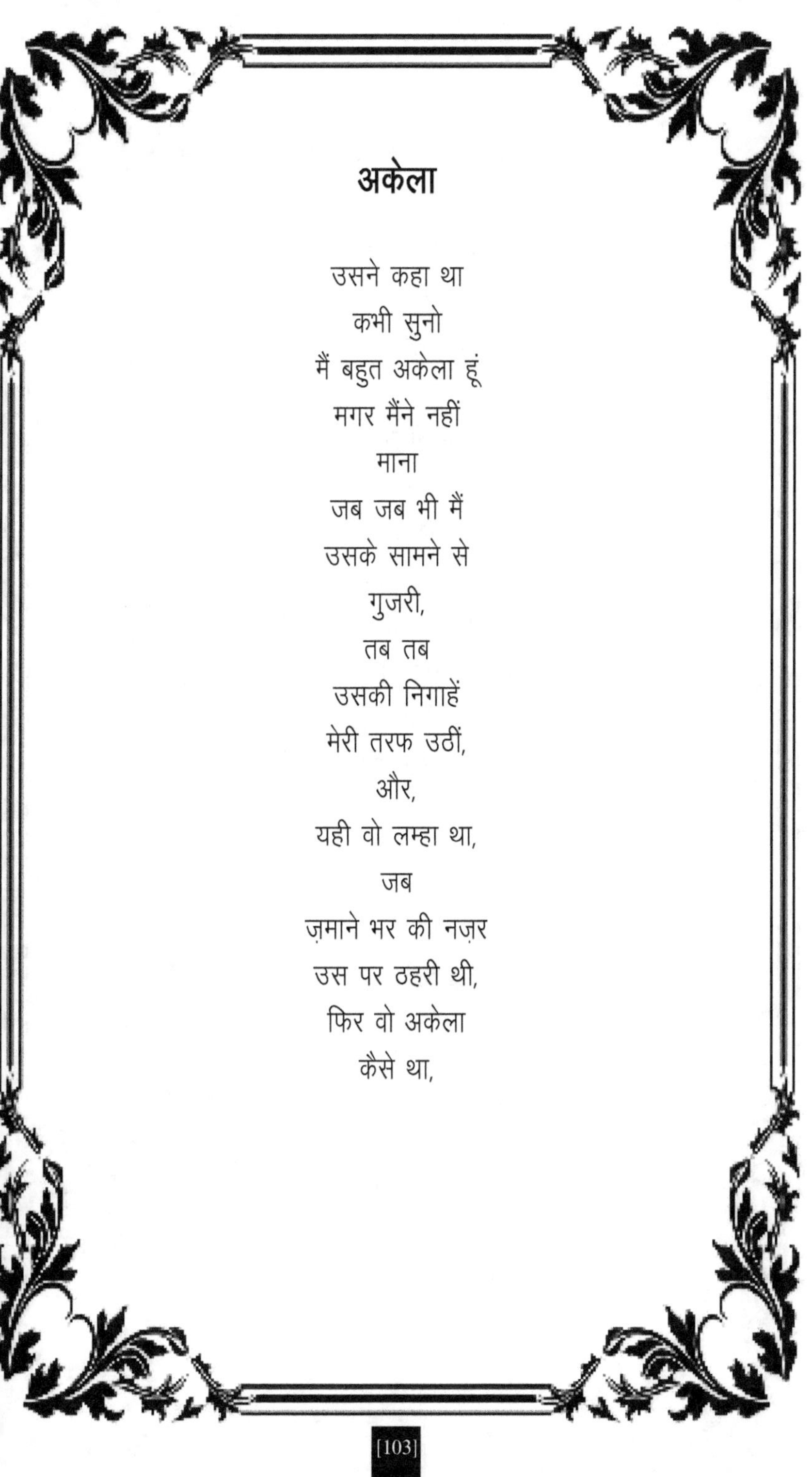

अकेला

उसने कहा था
कभी सुनो
मैं बहुत अकेला हूं
मगर मैंने नहीं
माना
जब जब भी मैं
उसके सामने से
गुजरी,
तब तब
उसकी निगाहें
मेरी तरफ उठीं,
और,
यही वो लम्हा था,
जब
ज़माने भर की नज़र
उस पर ठहरी थी,
फिर वो अकेला
कैसे था,

आखिरी लफ्जों में

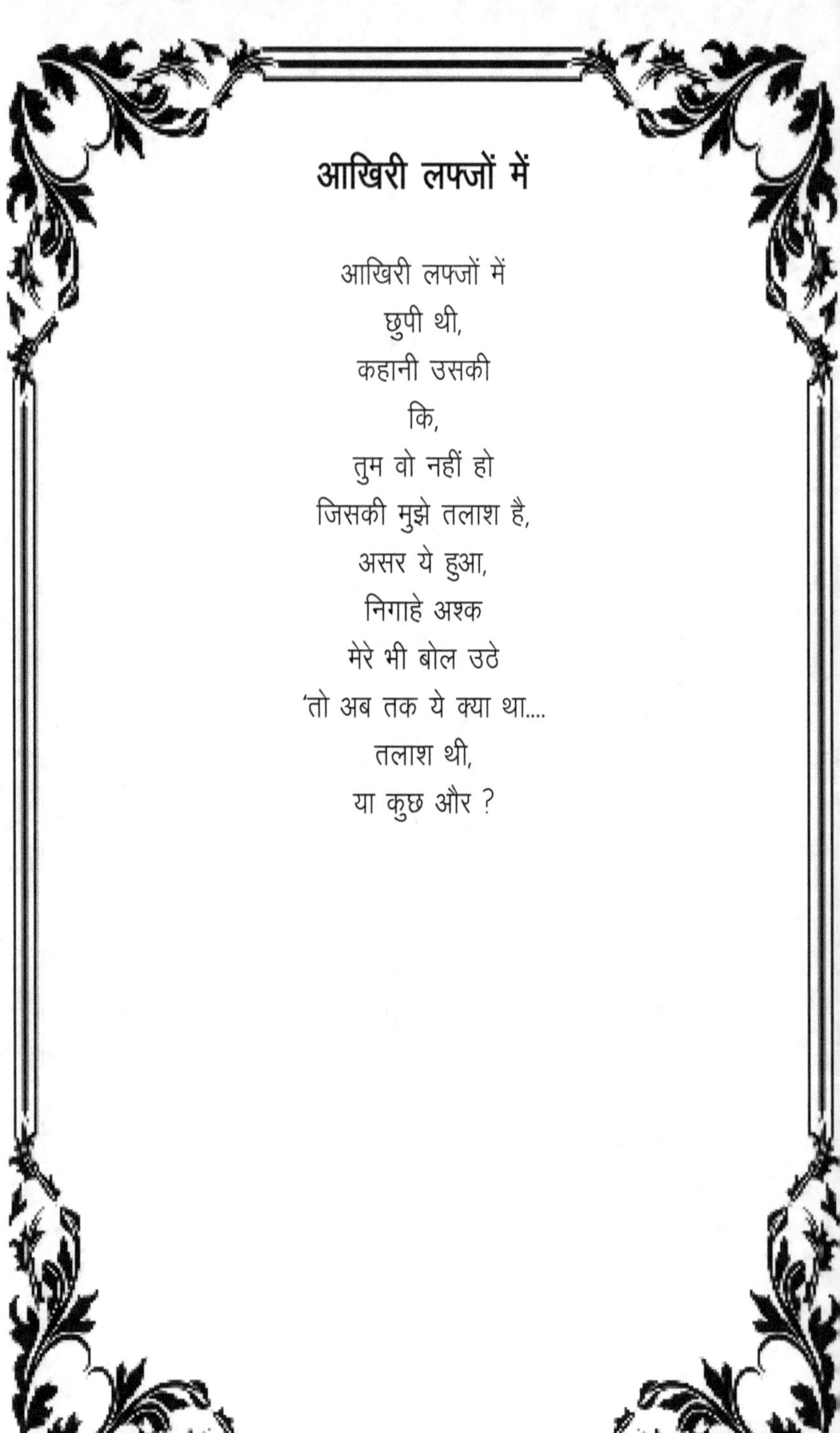

आखिरी लफ्जों में
छुपी थी,
कहानी उसकी
कि,
तुम वो नहीं हो
जिसकी मुझे तलाश है,
असर ये हुआ,
निगाहे अश्क
मेरे भी बोल उठे
'तो अब तक ये क्या था....
तलाश थी,
या कुछ और ?

खामोश

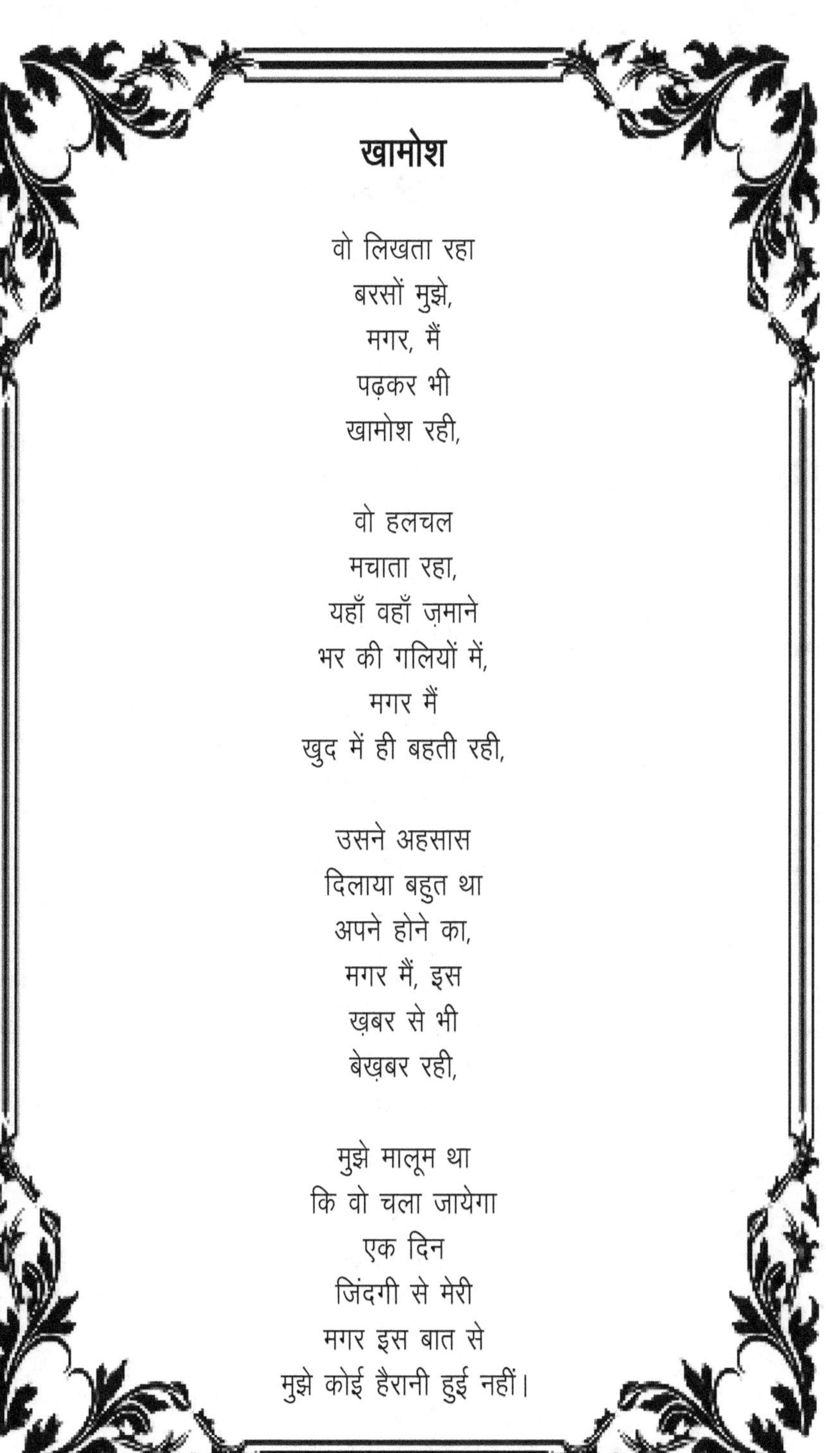

वो लिखता रहा
बरसों मुझे,
मगर, मैं
पढ़कर भी
खामोश रही,

वो हलचल
मचाता रहा,
यहाँ वहाँ ज़माने
भर की गलियों में,
मगर मैं
खुद में ही बहती रही,

उसने अहसास
दिलाया बहुत था
अपने होने का,
मगर मैं, इस
ख़बर से भी
बेख़बर रही,

मुझे मालूम था
कि वो चला जायेगा
एक दिन
जिंदगी से मेरी
मगर इस बात से
मुझे कोई हैरानी हुई नहीं।

गलत कैसे कह दूं

मैं तुम्हें क्यों
सही कहूं,
और गलत भी क्यों
कह दूं,
यकीन भी तो मैंने
ही किया था,
तुम पर
तो गलत भी मैं ही
और शायद !!
सही भी मैं हूं
जब तक तुम मुझे
अपने लगे,
वहीं तक सही थी मैं,
जहाँ से राहें जुदा हुईं
तुम गलत हो गए थे
ये मेरी सोच थी,
तुम तो आये थे
कुछ पल के लिए
मैंने ही तो तुम्हें
हक दिया था,
मुझमें रुकने का,
तुम तो केवल
प्रश्न पर टिके थे,
सब उत्तर तो मेरे थे,

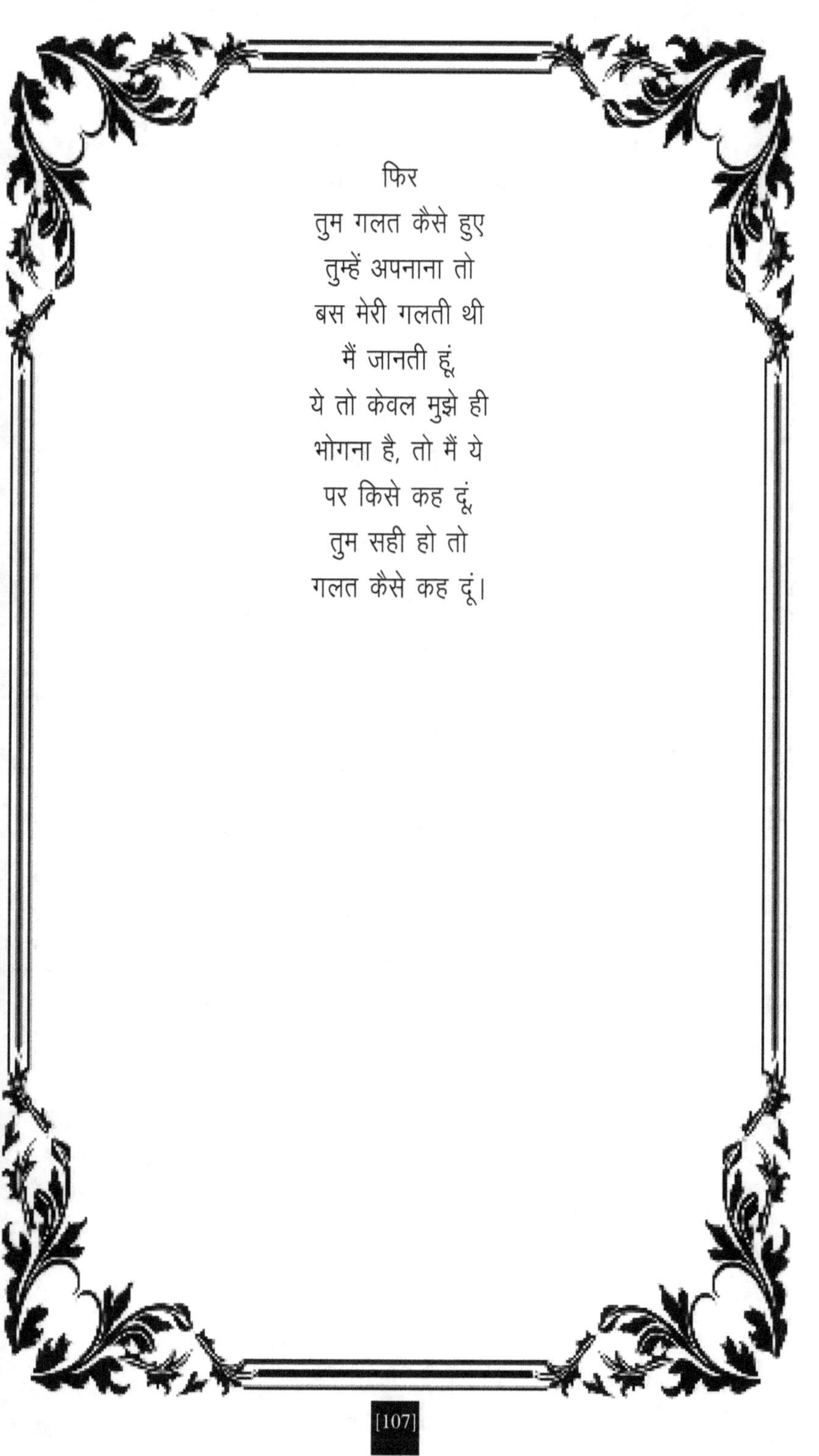

फिर

तुम गलत कैसे हुए
तुम्हें अपनाना तो
बस मेरी गलती थी
मैं जानती हूं,
ये तो केवल मुझे ही
भोगना है, तो मैं ये
पर किसे कह दूं
तुम सही हो तो
गलत कैसे कह दूं।

कुछ नहीं मेरे पास

कभी कभी चली
आती हूं, मैं
खाली सी खुली
राहों पर,
सुनने तेरी आहटें
या फिर, तेरे
उन पांवों के निशान
देखने,
जहाँ से तू गया था
न लौटने के लिए,
नाहक ही एक
न खत्म होने वाला
इंतजार,
लेकर लौट आती हूं
एक उदासी लिए,
इसके अलावा
है भी कुछ नहीं मेरे
पास।

केवल मैं

कभी कभी तो लगता है
मुझे चाहिए
कुछ पलों का चैन
आनन्द प्रसन्नता
मुस्कान
चहूं ओर असीम शांति
कहते हैं
मृत्यु उपरांत मिलेगी
ये सब चीजें
पर मुझे तो जीते जी
चाहिए, तो
क्या ईश्वर सुनेगा मेरी
प्रार्थना,
लगता भी है और नहीं भी
कहीं से एक शब्द सा
सुनाई देता है बस
प्रतीक्षा करो
अच्छे कर्म करो
ऐसा सुनकर
मैं मुस्कुरा पड़ती हूं
हे ईश्वर
तुम कब से, छलने लगे हो
कर्मों की आड़ लेकर
तुम सदैव छलते हो,

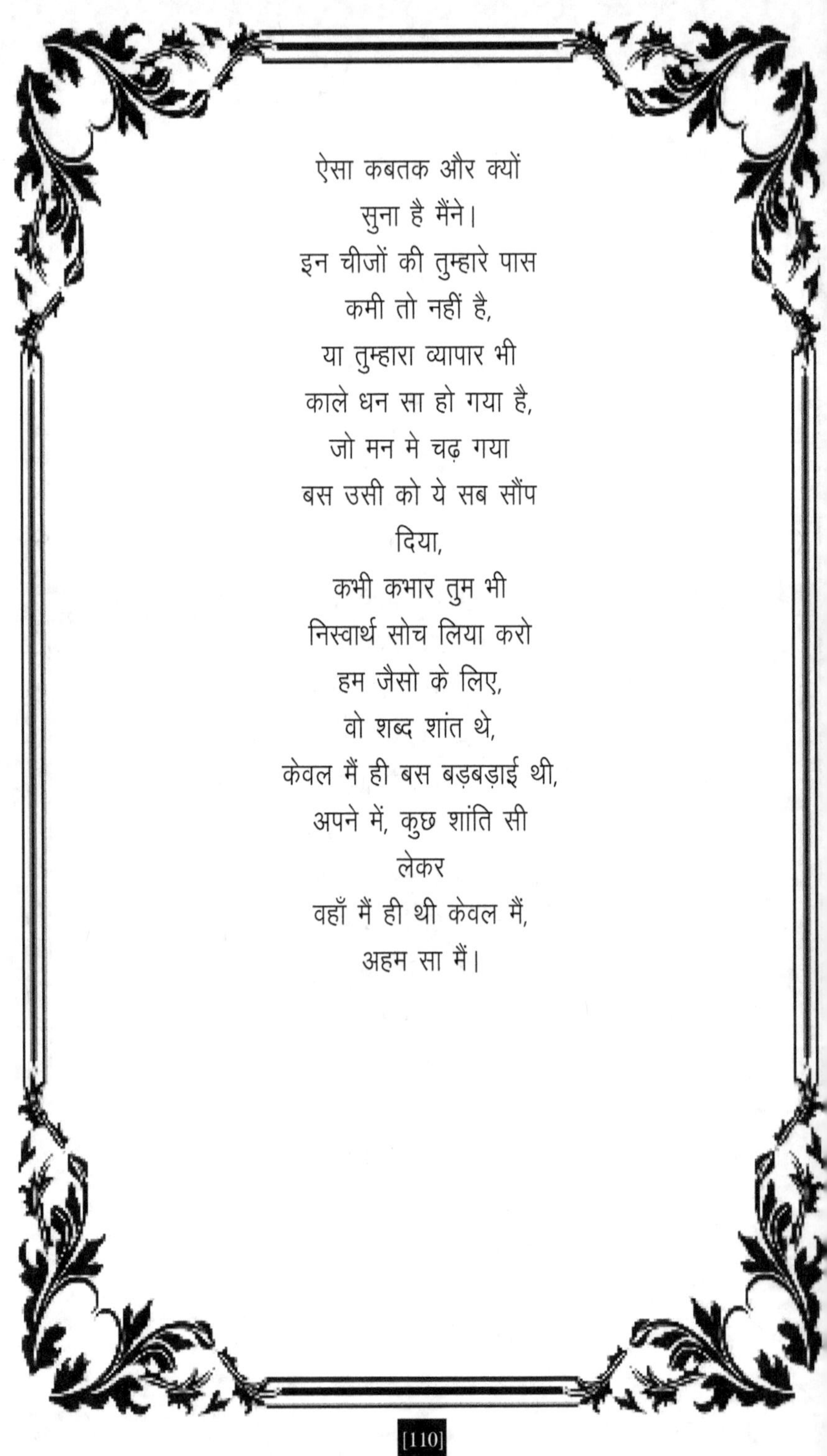

ऐसा कबतक और क्यों
सुना है मैंने।
इन चीजों की तुम्हारे पास
कमी तो नहीं है,
या तुम्हारा व्यापार भी
काले धन सा हो गया है,
जो मन मे चढ़ गया
बस उसी को ये सब सौंप
दिया,
कभी कभार तुम भी
निस्वार्थ सोच लिया करो
हम जैसो के लिए,
वो शब्द शांत थे,
केवल मैं ही बस बड़बड़ाई थी,
अपने में, कुछ शांति सी
लेकर
वहाँ मैं ही थी केवल मैं,
अहम सा मैं।

अलविदा

ख्वाहिशें थी
कुछ अपनी भी
के वो जब तक
साथ है मेरा है
उसकी मुहब्बत
हँसना रोना उसका
गम उसका, मर्म उसका
सुख– खुशियाँ उसकी
आना जाना उसका
बंधन उसका,
हर बात उसकी
बस वो कहे और
मैं सुनु
मैं कहूं और वो सुने
मगर, ऐसा हो ना सका
दिल खाली हो गया
उदास सी जबाँ ने
अलविदा कहा,
आजाद परिंदा था,
उड़ गया,
कहाँ गया,
नज़र दूर तलक जाकर
लौट आई।

हस्ती

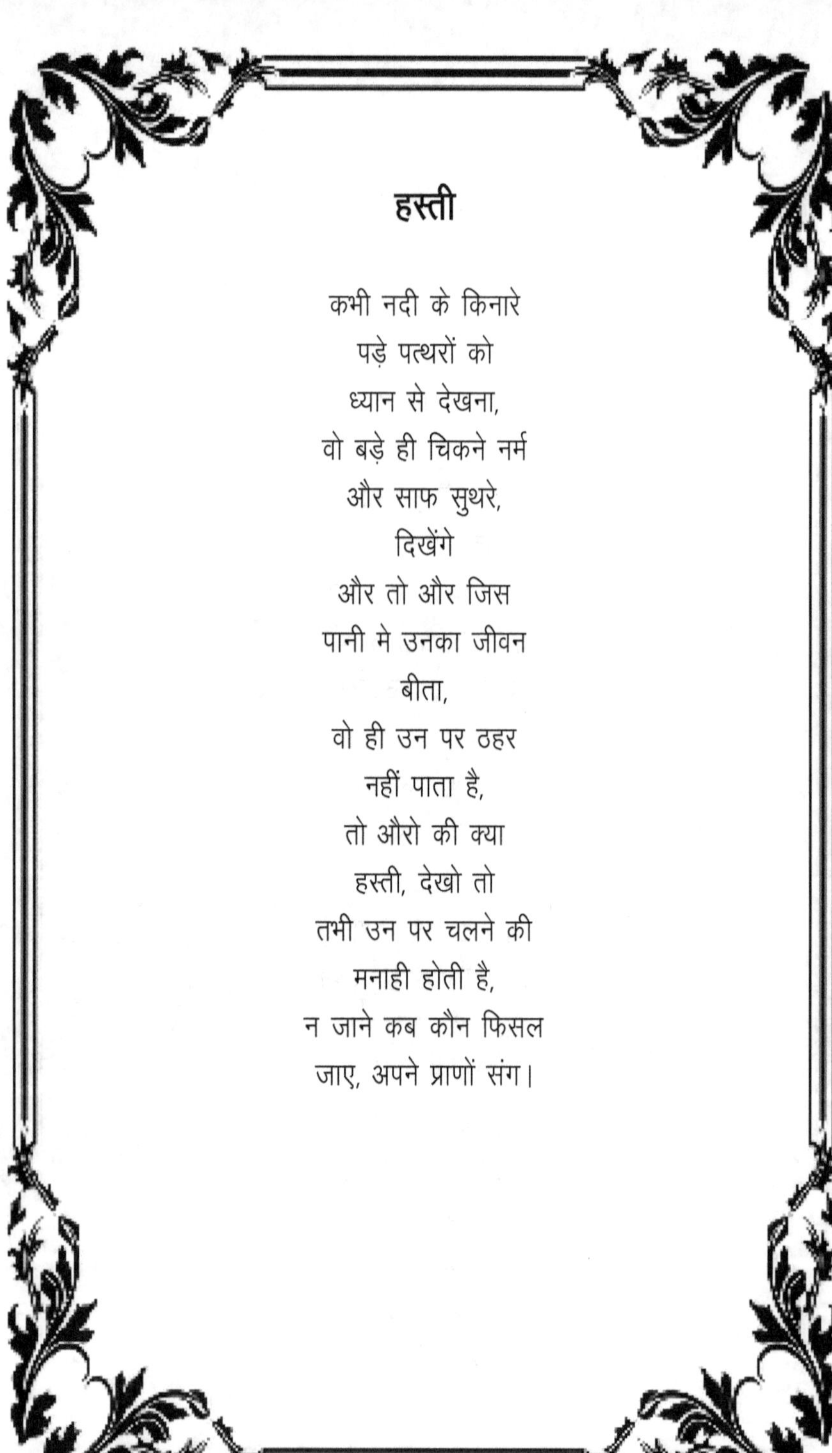

कभी नदी के किनारे
पड़े पत्थरों को
ध्यान से देखना,
वो बड़े ही चिकने नर्म
और साफ सुथरे,
दिखेंगे
और तो और जिस
पानी मे उनका जीवन
बीता,
वो ही उन पर ठहर
नहीं पाता है,
तो औरो की क्या
हस्ती, देखो तो
तभी उन पर चलने की
मनाही होती है,
न जाने कब कौन फिसल
जाए, अपने प्राणों संग।

याद अब आएंगे

हम तो चल दिये है
राह अपनी,
जो मिली थी, जिम्मेदारियां
निभाने के लिए,
वही अब निभाएंगे,

तुम मलाल मत करना
ना मिलने का,
बात अब नहीं होगी कभी
फुर्सत ज़माने से अब नहीं
मुझे।
चलना है मुझे लीक पर सदा
हटना अब मंजूर नहीं, पर
वजूद अपना समेटकर न जाने
हम अब किधर जाएंगे,

ख़्याल तुम अपना रख लेना
काम तो तुम्हें भी बहुत होंगे
साथ यहीं तक था, यही सोचकर
हम जिधर भी जाएंगे,
तुम्हें याद करेंगे, पर नहीं लगता
हम भी कभी तुम्हें इतने ही
याद अब आएंगे,

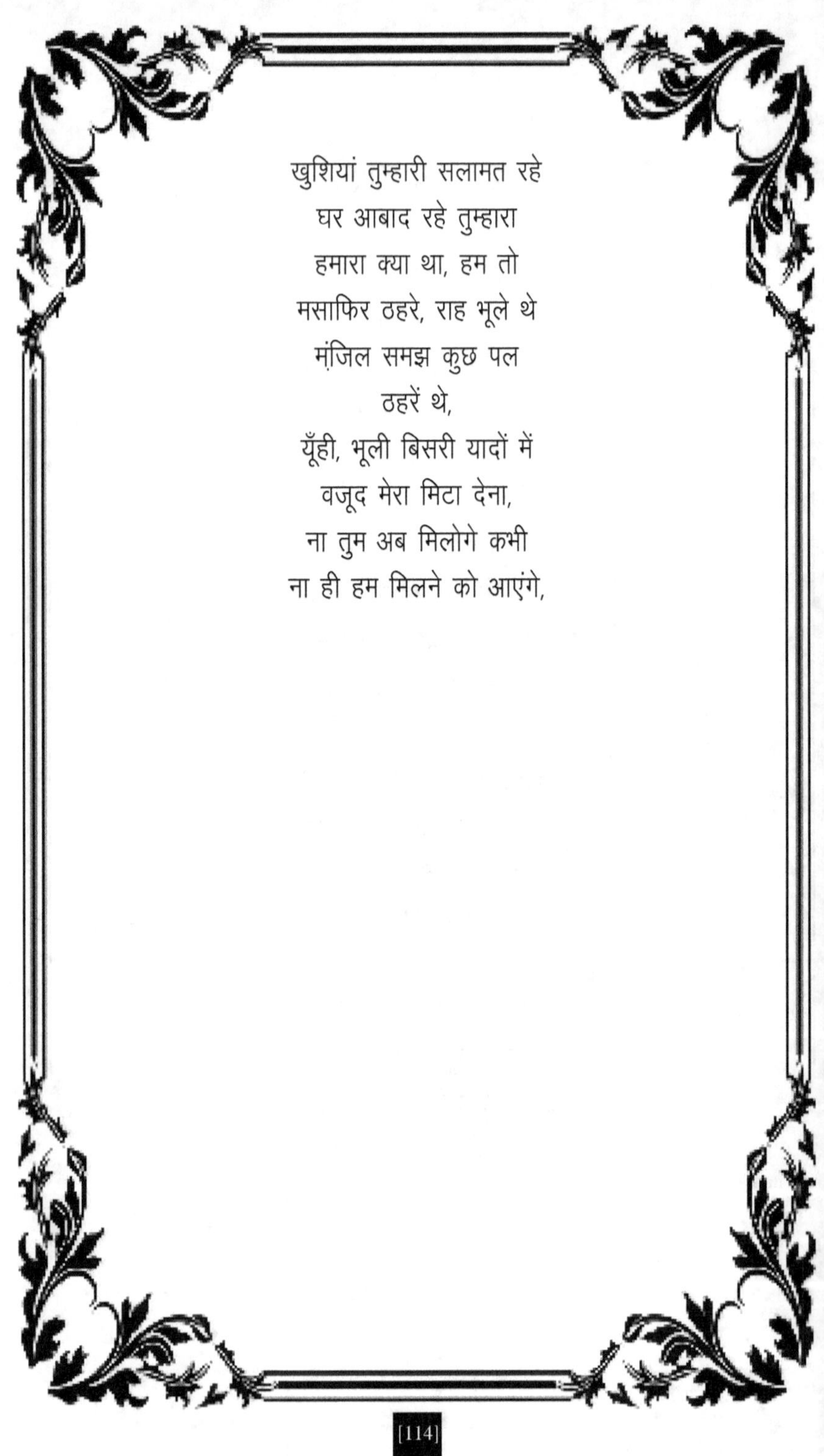
खुशियां तुम्हारी सलामत रहे
घर आबाद रहे तुम्हारा
हमारा क्या था, हम तो
मसाफिर ठहरे, राह भूले थे
मंज़िल समझ कुछ पल
ठहरें थे,
यूँही, भूली बिसरी यादों में
वजूद मेरा मिटा देना,
ना तुम अब मिलोगे कभी
ना ही हम मिलने को आएंगे,

रे किसान

लहलहाती फसलें
खुले खेतों में,
हवा से बातें करते हुए,
खुले आकाश तले
तारों की रोशनी में
ओस की बूंदों में नहाई हुई,
चंचल सी चंद्रमा से
लजाती हुई,
बड़ी हुई रंगत तो देखो
सोने सी दमकती
प्रतीक्षा में है विदा होने की
जैसे कह रही हो, किसी
बवंडर के आने से पहले
मेरे बीजों को समेट लो तुम
कहीं बिखर ना जाये, दाना दाना
बड़ी कठिनता से तुमने जो रोपा
और मैंने संभाले रखा अब तक
हां मैं प्रकृति हूं, परन्तु मुझे
ज्ञात है, कि मेरे रूप बहुत हैं
मैं शान्त हूं पर आवश्यक नहीं
मेरे प्रतिरूपों को क्रोध ना आता हो
इसी भय से, कह रही हूं,
शीघ्रता करो,
रे किसान

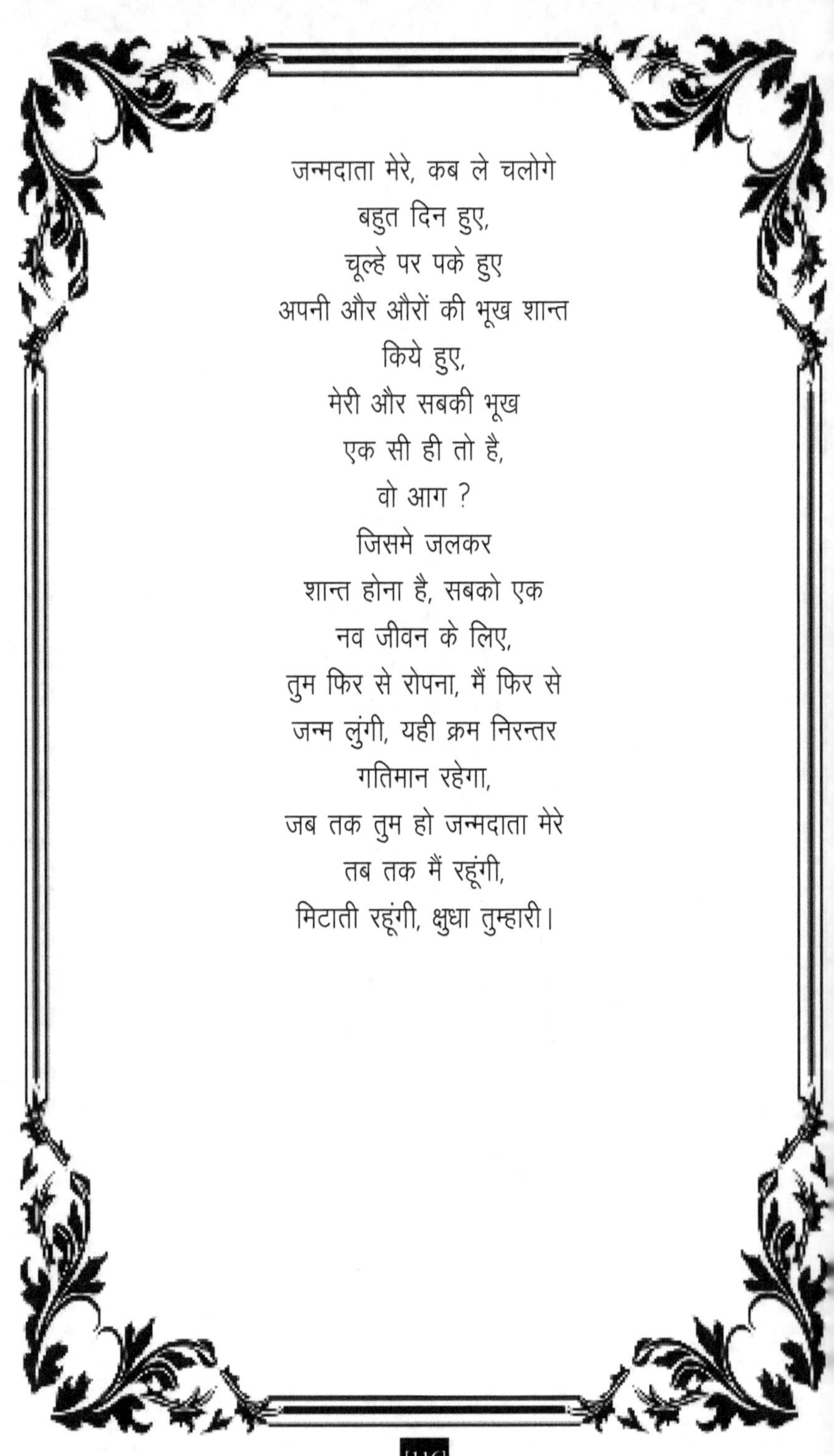

जन्मदाता मेरे, कब ले चलोगे
बहुत दिन हुए,
चूल्हे पर पके हुए
अपनी और औरों की भूख शान्त
किये हुए,
मेरी और सबकी भूख
एक सी ही तो है,
वो आग ?
जिसमे जलकर
शान्त होना है, सबको एक
नव जीवन के लिए,
तुम फिर से रोपना, मैं फिर से
जन्म लुंगी, यही क्रम निरन्तर
गतिमान रहेगा,
जब तक तुम हो जन्मदाता मेरे
तब तक मैं रहूंगी,
मिटाती रहूंगी, क्षुधा तुम्हारी।

अरे इंसान

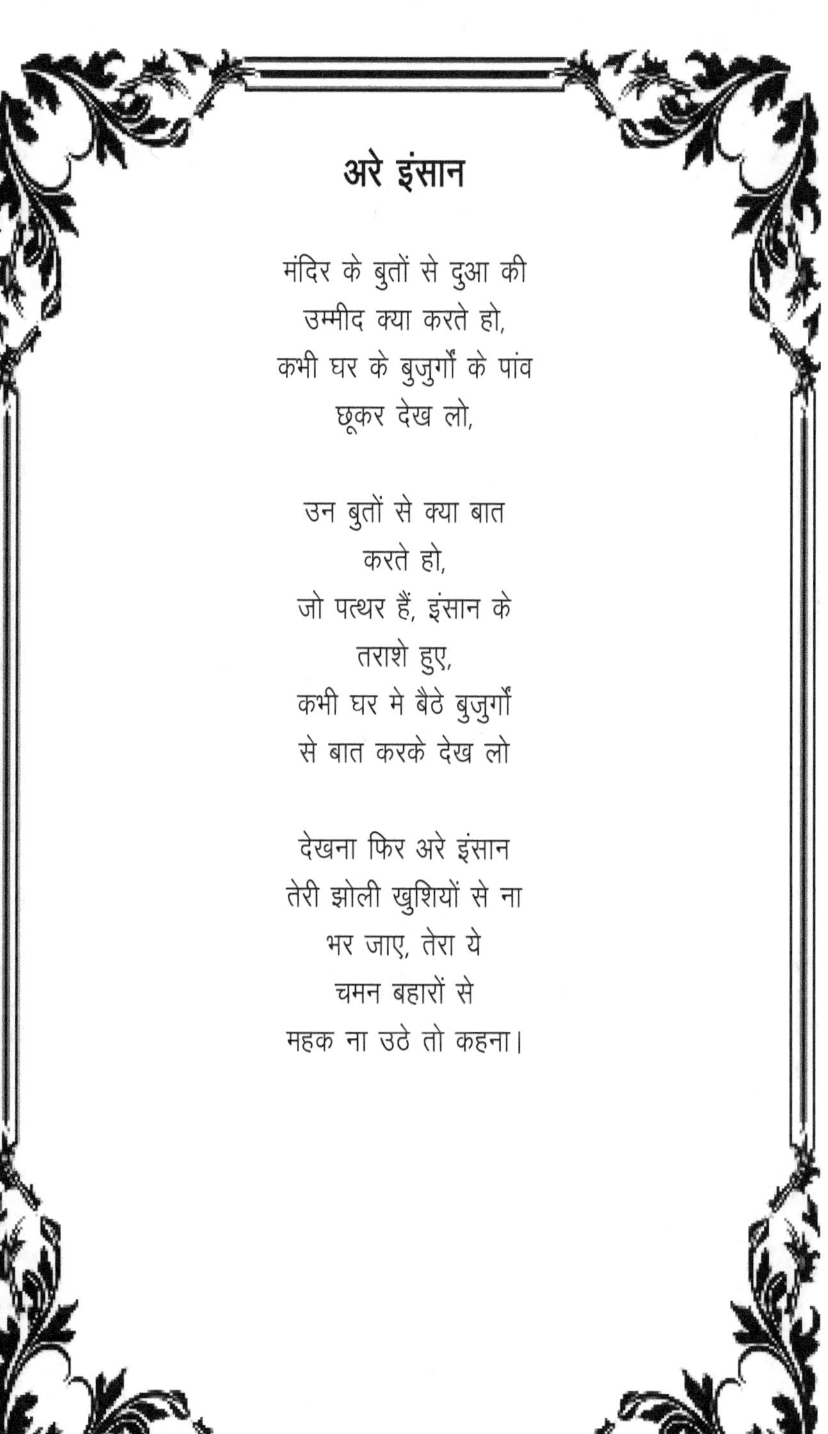

मंदिर के बुतों से दुआ की
उम्मीद क्या करते हो,
कभी घर के बुजुर्गों के पांव
छूकर देख लो,

उन बुतों से क्या बात
करते हो,
जो पत्थर हैं, इंसान के
तराशे हुए,
कभी घर मे बैठे बुजुर्गों
से बात करके देख लो

देखना फिर अरे इंसान
तेरी झोली खुशियों से ना
भर जाए, तेरा ये
चमन बहारों से
महक ना उठे तो कहना।

मैंने देखा है

मैंने देखा है

घर मे बुजुर्गों को तरसते हुए,

वही जो आज मुस्कुराते नहीं है

बोलते नहीं है, बस उनकी वो आँखें

तोलती हैं, अनुभव से बारीकियां

जो कभी सिखाई थी अपनी पीढ़ियों को

राह भर चलते हैं, थक कर लौटते नहीं

घर की ओर, बैठ जाते हैं

सहारा ले, कहीं पेड़ की

छांव में, देखते है आस पास,

चलते फिरते पुतलों को

हां वही, पुतले जिन्हें

कभी दांव पेंच सिखाये थे,

अपने मतलब के लिए,

कि काम आएंगे, जब

वो बूढ़े हो जाएंगे,

कोई हाथ पकड़कर कहने

वाला, कहेगा लो खाना

खाओ, कहेगा चलो

बाहर तक टहलने चलो,

पास बैठकर बात करेगा

मगर मालूम ना था, ये

अपने वक्त को सिर्फ

अपने लिये ही बांध लेंगे,

नहीं मालूम था कि, बस
तैयार हो रहे वो कांधे,
बस उन्हें
शमशान तक ले जाने के लिए
आखरी सफर के लिए
इंतजार है उन्हें हमारा,
ना उन्हें बुजुर्गों की दुआ
चाहिए, ना ही दवा,
इसके लिए, मंदिर मस्जिद है
जिन्हें भरपूर चंदा दे आते हैं,
और तसल्ली से सोचते हैं
अब दुआ कबूल हो गई।

गलतियां किससे नहीं होती

गलतियां किससे नहीं होती
मुझसे भी हुई, जब प्यार किया था तुमसे
नहीं मालूम था कि सहना पड़ेगा,
मिलन बिछुड़न के साथ का दुख तड़प
दायरों से बाहर आकर, क्या पाया क्या खोया
वो त्याग, समर्पण, अर्पण, वो अपनापन
और मेरा चरित्र,
भेंट चढ़ गया, तेरे अहम और वहम से,
फिर मिला तो क्या मिला मुझे
तेरी नज़रअंदाजी तेरा रूखापन, अहम तेरा
कोई हिसाब नहीं, सब बेहिसाब मिला,
तुझे ग्लानि नहीं हुई, और मैं उस ग्लानि
से जलती रही दिन रात, हर पल
तू उलझाता रहा, अपने बनाये हुए जाल में
मैं छटपटाती रही, नाकाम सी कोशिशों में,
तुझे प्यार था ही कब तुझे दरकार थी
महज जिस्मों की, अपने पुरुषत्व की
रौंदकर निकल जाना था, हर उस जिस्म को
जो तेरी पनाहों में थे, भूल गया हर अहसास
को, जो तेरे वादों की झूठी बुनियाद पर टिके थे,
हर वक़्त एक नई उम्मीद थी तुझे
राह तकता था, खड़े होकर हर मोड़ पर
किसी नए जिस्म की तलाश में,
प्यार का वास्ता देकर उसे भी
छलने के लिए।

हे पुरूष

हे पुरूष
क्या थे तुम, क्या हो गए
एक स्त्री के फेर में
क्यों ढेर हो गए,

आत्मा के मिलन की आस में
उलझ गए प्यास में,
उसके नश्वर शरीर मे
क्यों लीन हो गए,

वो पौरूषत्व तुम्हारा अपना
क्यों बन गया सपना,
उस एक स्त्री की
जरा सी मुस्कान पर
तुम कैसे बह गए।

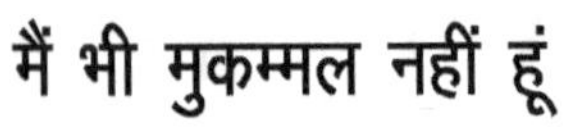

नींद आती नहीं, रात दिन चैन कहाँ
मेरे हमदम मुझे, रहती है तेरी फिक्र यहाँ

दिल की बेताबियाँ, जगती हैं रात भर यूँही
बन के वो शमा जलती है रात भर, यूँही

बिन पिये कोई नशा, मुझको घेर लेता है
लड़खड़ाते हुए, जब याद तेरी आती है वहाँ,

तू भी मुकम्मल नहीं है वहाँ, और
मैं भी मुकम्मल नहीं हूं यहाँ,

राज ए दिल यूँ ही छुपाया करो तुम भी
ज़माने की नज़र बहुत बुरी है यहाँ।

खेलने वालों

मुहब्बत को खेल समझकर
खेलने वालों,
जरा संभलकर चलना
कोई तुम्हारे भी इंतजार
में खड़ा है,
अगले मोड़ पर,

गलतफहमी मत रखना तुम
दिल मे अपने
वो आहिस्ता से आएगा
जिंदगी में तुम्हारी और
चल देगा वो तुम्हारा
दिल तोड़कर,

जैसे तुमने दिल दुखाया था
किसी का
खेलते रहे, औरों को खिलौना
समझकर, वैसे ही खेल जाएगा
वो भी तुमसे, तुम्हें खिलौना
समझकर।

तुम्हारी तरह ही जब
वो करेगा, तुमसे वादे झूठे
मुस्कुराएगा जी जान से
झांसे में जब तुम आओगे उसके
यूँही चल देगा किसी दिन
वो तुम्हें रोता हुआ छोड़कर।

मरण का उधार

मैं, जीते जी
हर मौत पर रोइ
सिसकती रही,
भूलकर अपने को
जब तक उसकी याद
आती रही
उन चेहरों को महसूस
करती रही,
दुःख मनाती रही,
जबकि मुझे पता था
जब मैं मरूँगी
तब ये होंगे भी नहीं
मेरी अंतिम यात्रा में
एक इंसान हूं, तो स्वार्थी
हूं कि मैं, किसी के लिए
कुछ करूंगी तो उससे भी
उम्मीद रहेगी मुझे,
पर यहाँ लाचार हूं
एक दूसरे को छोड़कर
जाने वालों के लिए, न जाने
हम क्यों सिसकते हैं,
जबकि वो तो होंगे ही नहीं
उपलब्ध, जब हम जाएंगे
इस जहां से

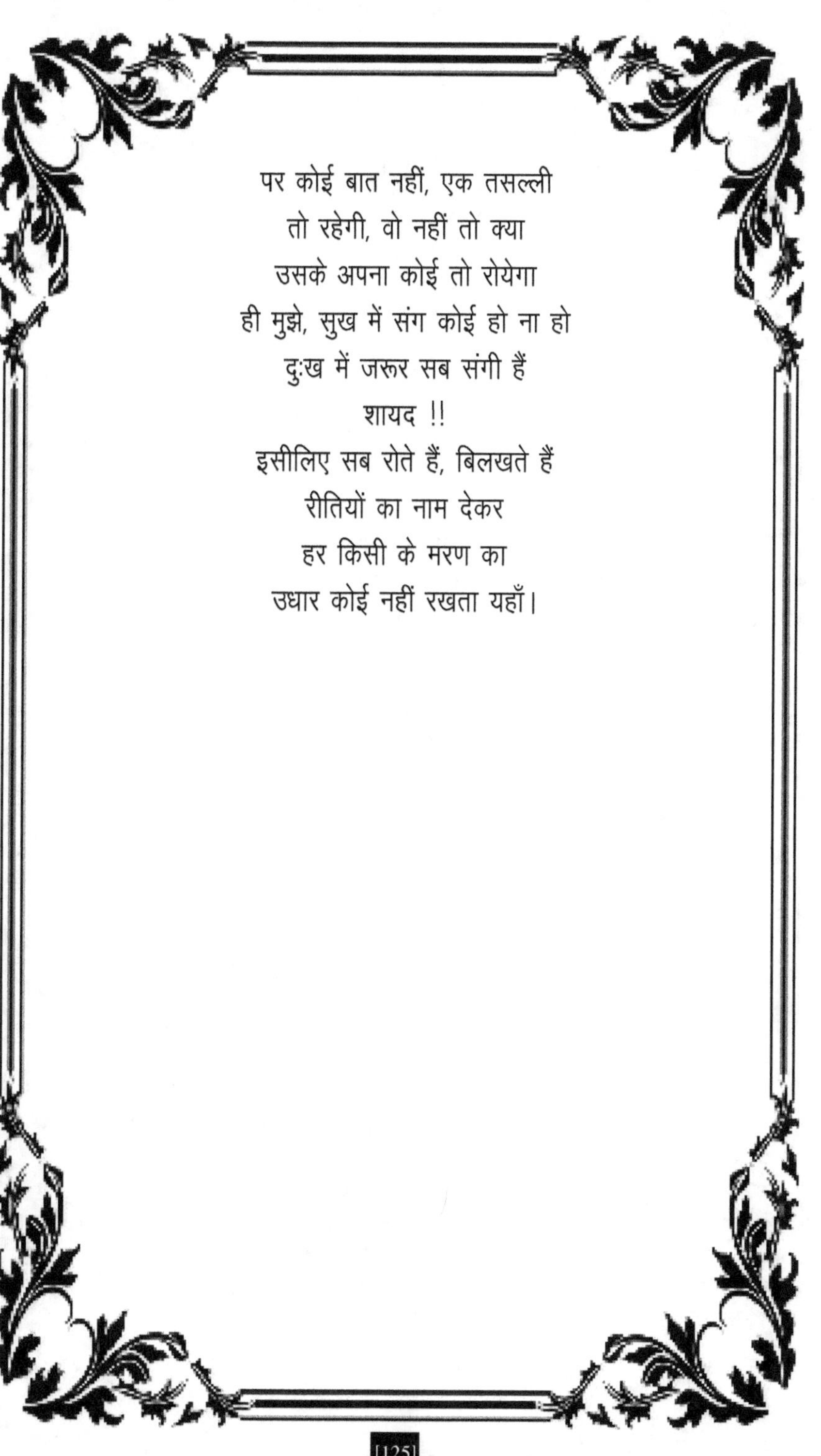

पर कोई बात नहीं, एक तसल्ली
तो रहेगी, वो नहीं तो क्या
उसके अपना कोई तो रोयेगा
ही मुझे, सुख में संग कोई हो ना हो
दुःख में जरूर सब संगी हैं
शायद !!
इसीलिए सब रोते हैं, बिलखते हैं
रीतियों का नाम देकर
हर किसी के मरण का
उधार कोई नहीं रखता यहाँ।

हाइकु

नए रिश्ते
बनाएं ही क्यों
टूटेंगे ही तो
***

अब भी तुम
परेशान से लगे
हां, बस यूंही
***

क्या हुआ जो
तुम पास नहीं हो
यादें ही सही
***

जीने के लिए
कंधा ना मिला मुझे
मरी तो चार
***

तू फिक्रमंद
क्यों है, मेरे लिये
मैं खुश तो हूं
***

राहों में कांटे
मिलेंगे तो जरूर
छोड़ ना राह
***

तबियत का
क्या, संभलेगी ही
सदा क्या है
***

आवाज लगा
मगर उम्मीद
ना रख कभी
***

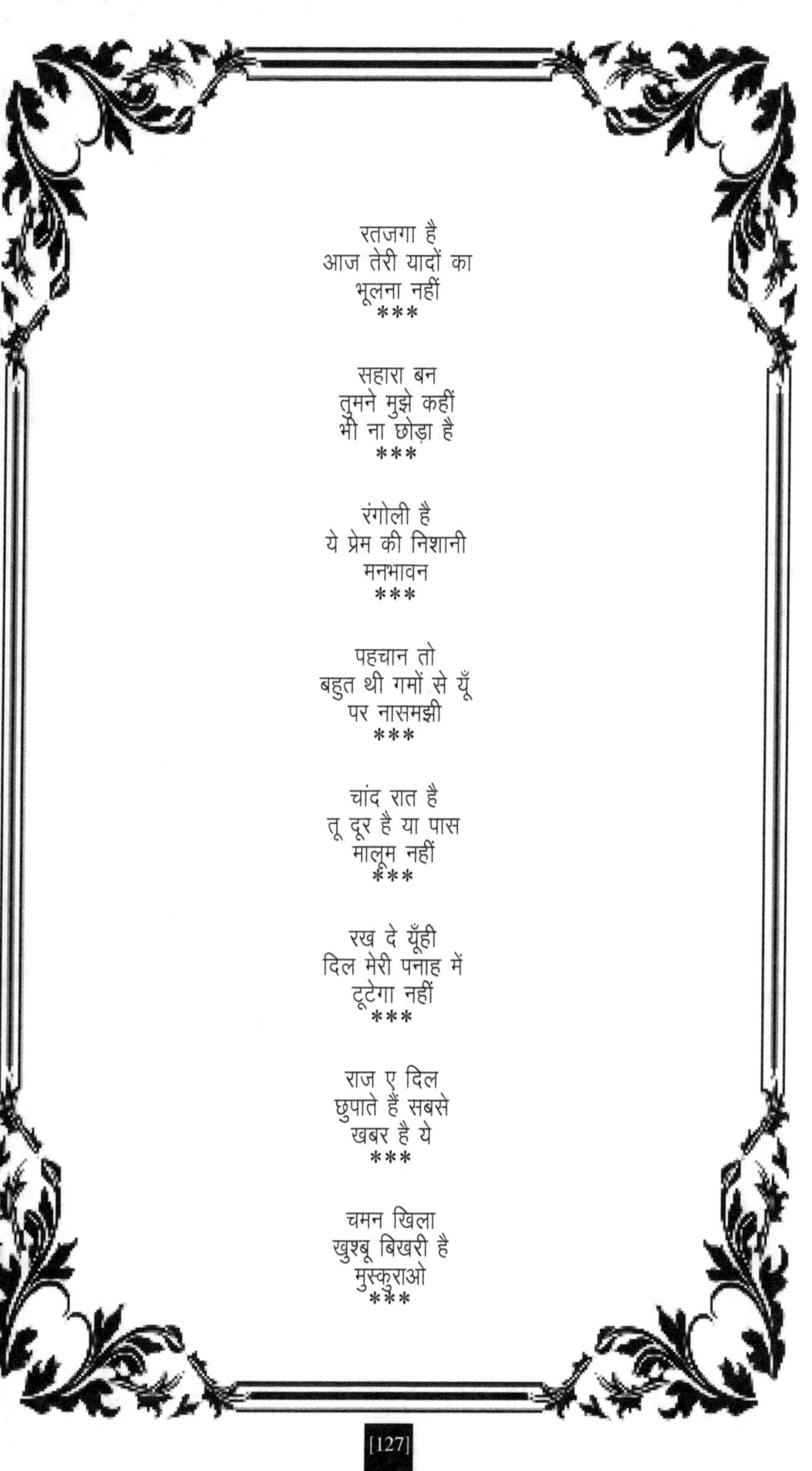

रतजगा है
आज तेरी यादों का
भूलना नहीं
***

सहारा बन
तुमने मुझे कहीं
भी ना छोड़ा है
***

रंगोली है
ये प्रेम की निशानी
मनभावन
***

पहचान तो
बहुत थी ग़मों से यूँ
पर नासमझी
***

चांद रात है
तू दूर है या पास
मालूम नहीं
***

रख दे यूँही
दिल मेरी पनाह में
टूटेगा नहीं
***

राज ए दिल
छुपाते हैं सबसे
खबर है ये
***

चमन खिला
खुशबू बिखरी है
मुस्कुराओ
***

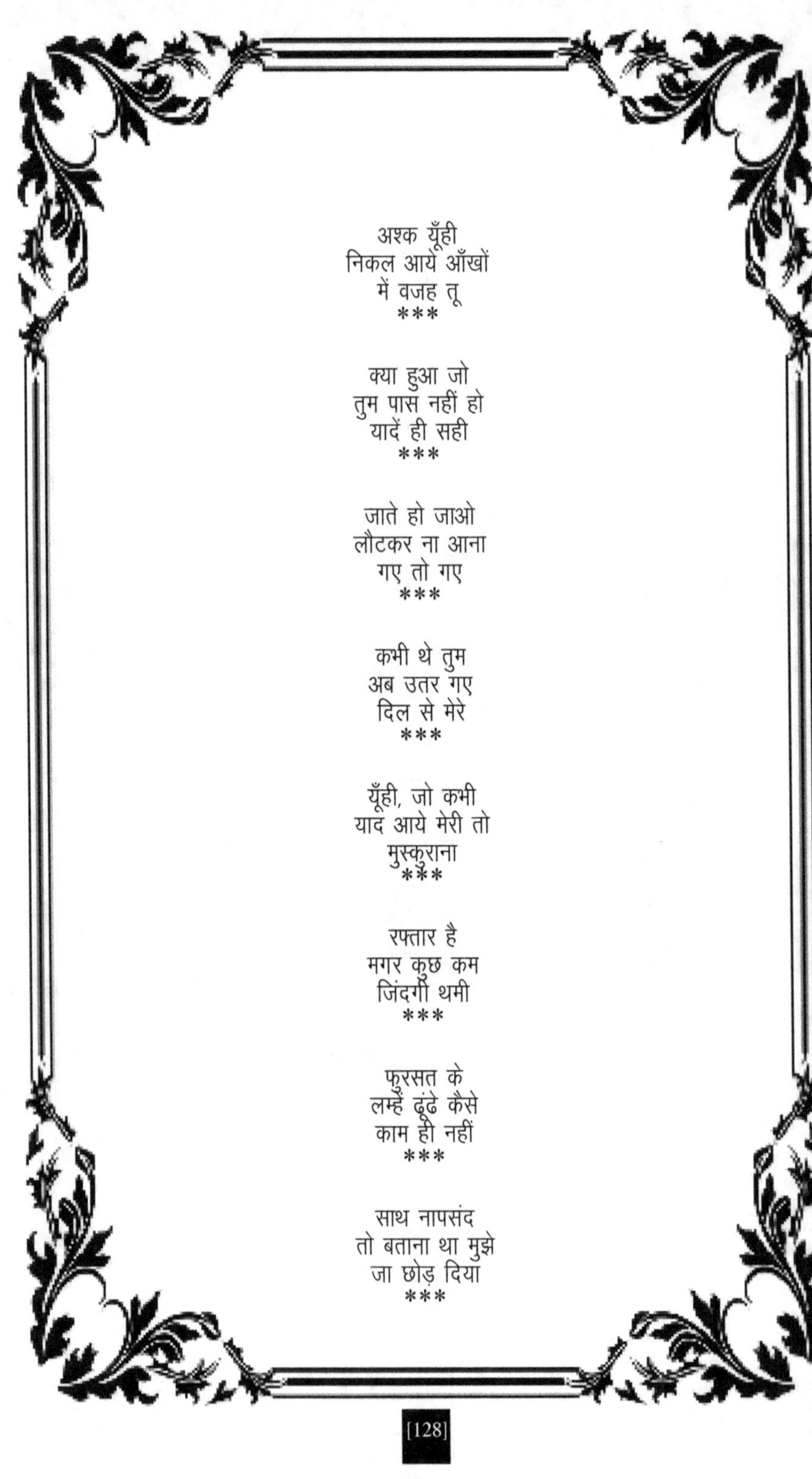

अश्क यूँही
निकल आयें आँखों
में वजह तू
***

क्या हुआ जो
तुम पास नहीं हो
यादें ही सही
***

जाते हो जाओ
लौटकर ना आना
गए तो गए
***

कभी थे तुम
अब उतर गए
दिल से मेरे
***

यूँही, जो कभी
याद आये मेरी तो
मुस्कुराना
***

रफ्तार है
मगर कुछ कम
जिंदगी थमी
***

फुरसत के
लम्हें ढूंढे कैसे
काम ही नहीं
***

साथ नापसंद
तो बताना था मुझे
जा छोड़ दिया
***

सुकून ना था
जिंदगी तबाह है
मसला क्या
***

आँखों की भाषा
पढ़ना नहीं आया
तो क्या किया
***

नजर तो मिली
पर तरसती हैं
निगाहें मेरी
***

झूठ बोलना
तेरी फितरत है
और है क्या
***

रिमझिम सा
मन चंचल हुआ
सावन में
***

दर्द तो हुआ
जाता है, मगर वो
भी गैर लगा
***

सूरज पक
गया है, दिनभर
में हुआ लाल
***

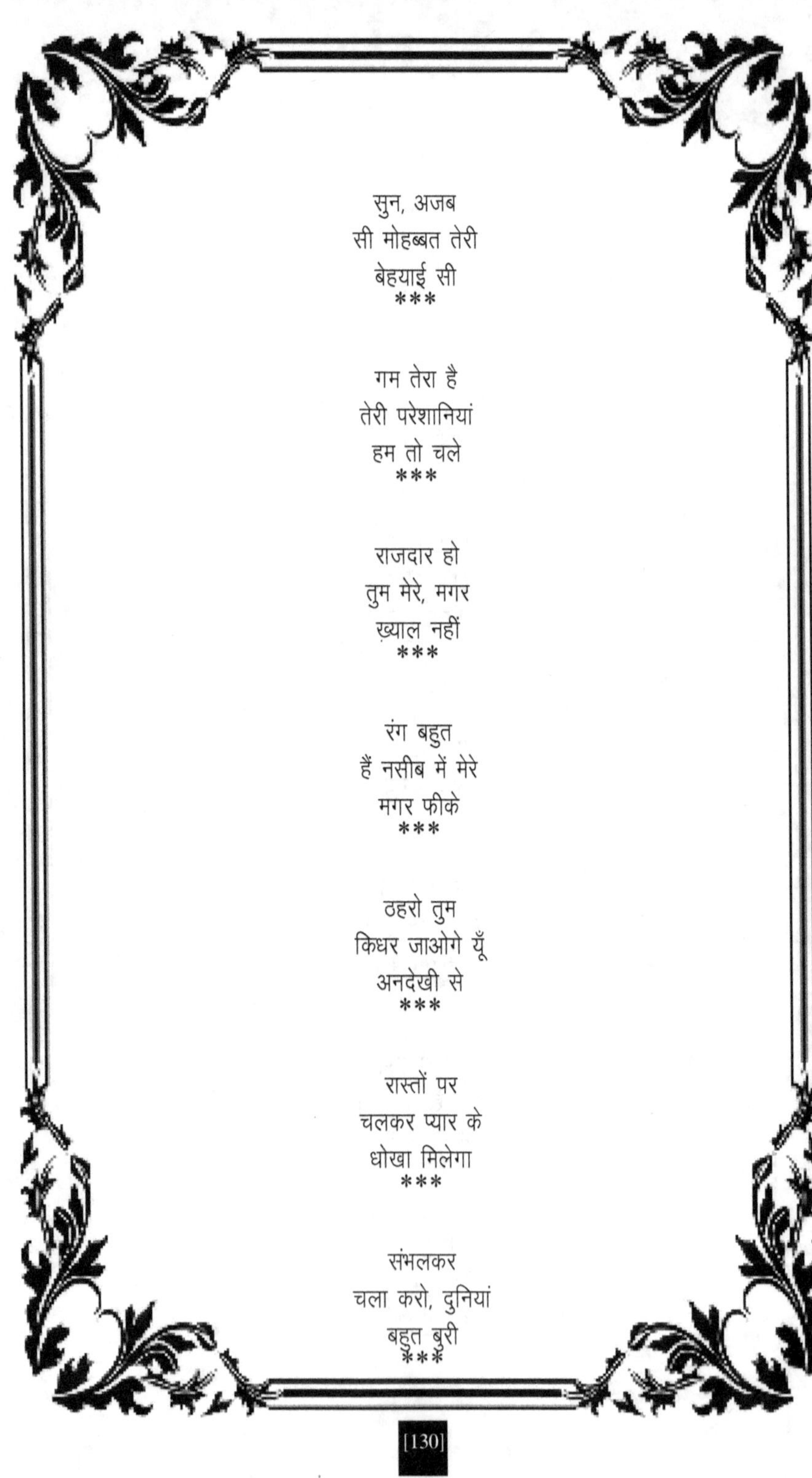

सुन, अजब
सी मोहब्बत तेरी
बेहयाई सी
***

गम तेरा है
तेरी परेशानियां
हम तो चले
***

राजदार हो
तुम मेरे, मगर
ख़्याल नहीं
***

रंग बहुत
हैं नसीब में मेरे
मगर फीके
***

ठहरो तुम
किधर जाओगे यूँ
अनदेखी से
***

रास्तों पर
चलकर प्यार के
धोखा मिलेगा
***

संभलकर
चला करो, दुनियां
बहुत बुरी
***

सांझ सकारे
दिल में है, हमारे
तेरी आरजू
***

उबली हुई
दोपहर है यहां
सांझ तलक
***

प्रकृति बोले
अपना मुखड़ा तू
मूरख धो ले
***

दिन रात में
बदल जाते हैं यहाँ
पल कल में
***

जानती तुझे
तो यह गलतियां
नहीं करती
***

सबमें है तू
तेरा जगत हुआ
सवेरा हुआ
***

जाग रे प्राणी
सुबह हुई तेरी
अब जाग ले
***

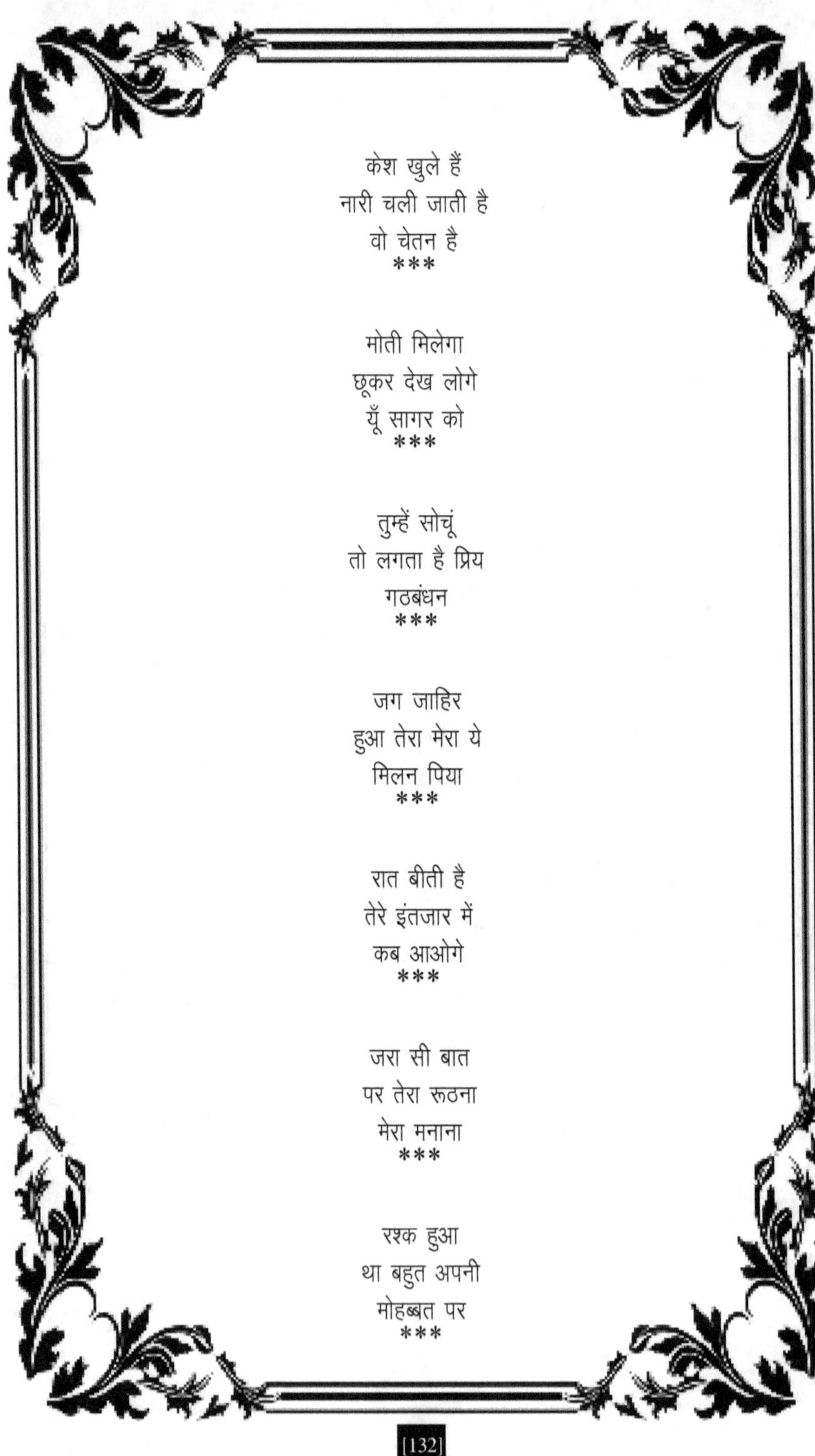

केश खुले हैं
नारी चली जाती है
वो चेतन है
***

मोती मिलेगा
छूकर देख लोगे
यूँ सागर को
***

तुम्हें सोचूं
तो लगता है प्रिय
गठबंधन
***

जग जाहिर
हुआ तेरा मेरा ये
मिलन पिया
***

रात बीती है
तेरे इंतजार में
कब आओगे
***

जरा सी बात
पर तेरा रूठना
मेरा मनाना
***

रश्क हुआ
था बहुत अपनी
मोहब्बत पर
***

www.ingramcontent.com/pod-product-compliance
Lightning Source LLC
Chambersburg PA
CBHW052020150726

47999CB00004B/1738